모든 물방울들

이하얀 소설

미래의 작가들 05

박문수책

차례

모든 물방울들

무영과 나는 제주도에서 재회했다. 무영이 그곳으로 떠난 지 반 년 만의 일이었다. 그동안 우리는 네 통의 메일만을 주고받으며 지냈는데, 처음은 내가 먼저 보냈고 그다음 편지들은 언제나 그렇듯 답장은 미루기 마련이어서 꽤 긴 시간들을 두고 이어졌다. 무영의 편지를 기다리는 일이 길어질수록 나는 무영이 나를, 이 세계를 영영 떠나버렸다고 생각했다. 한 달 사이에 도착한 무영의 네 번째 편지에는 보여주고 싶은 것이 있다는 짤막한 말과 함께 제주도행 비행기 티켓이 첨부되어 있었다. 우리는 그 편지를 마지막으로 연락이 끊겼다. 내가 그

메일을 다시 꺼내본 것은 비행기 티켓의 유효기간을 하루 남긴 날이었다.

나는 시외버스 터미널 앞에 있는 작은 카페에서 일을 했다. 두 층밖에 되지 않는 낮은 상가 건물의 한편을 사용하고 있는 가게였는데 꽃과 차를 함께 팔았다. 꽃을 전혀 만질 줄 몰랐던 나는 사장님이 미리 만들어놓은 꽃다발을 팔거나 예약을 받는 정도의 일을 보았다. 평일에는 사장님과 오전과 오후를 나누어 가게를 맡았고 주말은 하루 내내 둘이서 일을 했다. 저녁에는 꽃을 사러 오는 손님이 많지 않아서 내가 주로 오후부터 마감까지 가게를 보았다. 가게는 터미널 출입구 쪽에 위치해 있어 항상 손님이 끊이지 않았다. 날이 어두워지기 전에 간판을 밝히고 한동안 정신없이 일을 하다 보면 어느새 마감이 가까웠다. 마감 직전에는 대부분의 시간을 계산대에 앉아 혼자 보냈다. 책을 읽거나 글을 쓰고 싶었지만 눈에 잘 들어오지 않았다. 그럴 때면 멍하니 창 너머를 바라보았다. 터미널 앞은 밤늦게까지 사람들로 북적였다. 도로변의 가로등 불빛이 잔잔하게 거리를 비추고 지나가는 사람들 사이로 빛의 그림자가 어른거렸다. 나는 아득한 기분에 사로잡혀 창 너머 밤의 정경들을 바라보았다. 볕이 좋았던 오후엔 밤이 되면 달빛이 더욱 선명했다. 비가 조용히 내리는 날은 빗줄기가 어둠에 가려 잘 보이지 않았다. 비를 피해 걸음을 재촉하거나 정류장에 모여 있는 사람들의 모습으로 그 사실을 알았다. 그마저도 지나쳤을 땐 밖을 나서고 거리에서 풍기는 비릿한 냄새를 맡고서야 비로소 알게 되었다. 그렇게 하루를 보냈다는 것을 깨달았다.

여느 때와 같은 밤이었다. 테이블 위로 의자를 올리고 밀걸레로 바닥을 쓸고 있을 때였다. 웬 소녀가 비에 홀딱 젖은 채 가게로 들어왔다. 갑자기 비가 쏟아진 모양이었다. 가는 팔다리에 비해 머리가 둥글고 조금 큰, 이제 막 소녀티를 벗은 여자아이였다. 아이는 내게 꽃다발을 살 수 있느냐고 물었다. 아이가 움직이는 대로 바닥에 자국이 나서 나는 조금 짜증이 났다. 만들어놓은 것은 없고 대신 예약은 받을 수 있다고 말하자 아이는 스

테인리스 물통에 이미 한쪽 잎이 시들기 시작한 수국을 가리켰다. 아이는 등에 큰 배낭을 메고 있었다. 가방의 크기로 보아 먼 곳으로 여행을 떠나려는 듯했다. 나는 조금 망설이다가 남아 있는 수국 여섯 송이를 모두 집어 들었다.

꽃다발 포장은 처음이라 크라프트지 위에 꽃을 올려두고 이리저리 길이를 재본 뒤 크기에 맞춰 대충 종이를 잘랐다. 아이는 이어폰을 끼고 음악을 들으며 그 모습을 지켜보았다. 엉성한 폼으로 한참을 낑낑거리고 있는데 아이가 나를 불렀다. 저기 언니. 놀란 눈을 하고 그쪽을 돌아보았지만 아이는 아랑곳 않고 말을 이었다.

오늘 제 생일이에요. 진짜 생일은 아니지만, 그냥 오늘부터 새로 정했어요, 제 생일로. 어쨌든 고마워요. 그리고 혹시나 다음에 누군가 와서 저에 대해 물으면 저 같은 아이는 못 봤더라고 말해주세요. 꼭. 누가 와서 물어도요. 아마 그럴 일은 없겠지만 아무튼요. 그런데 언니 되게 예뻐요.

내가 어리둥절하여 손을 멈추고 있자 아이는 눈을 가

늘게 뜨고 웃어 보였다. 그게 무슨 말이냐고 대꾸하고 싶었지만 아이가 다시 이어폰을 끼고는 딴청을 피우기에 그만두었다. 꽃은 어떻게 해도 모양이 잘 잡히지 않았다. 나는 대충 철사로 둘둘 말아 포장을 마쳤다. 형편없는 모양새에 괜스레 미안한 마음이 들었다. 어차피 팔기에는 수명이 다한 꽃이라 그냥 가져가라고 말했지만 아이는 끝끝내 값을 치렀다. 그러곤 가방에서 노란 봉투를 꺼내더니 만 원짜리 두 장을 빼냈다. 봉투는 두둑해 보였다. 나는 건네받은 이만 원을 들고 가게 문을 빠져나가는 소녀의 뒷모습을 보았다. 돈을 집어넣으려는데 손에 검은 잉크가 살짝 묻어났다. 지폐를 뒤집어보니 작고 귀여운 글씨체로 주소 하나가 적혀 있었다. 신월동 삼부빌딩 212호 태건. 그것이 아이와 무관하지 않을 거란 생각에 나는 마음이 불편해졌다.

그날 밤 나는 집에 돌아가 무영에게서 받은 메일들을 다시 읽어 보았다. 메일에 첨부된 비행기 티켓을 출력하고 시간을 확인했다. 다음 날 오후 여섯시 비행기였다. 사장님에게 급한 일이 생겨 모레까지 출근을 하지 못한다고 문자를 남겼다. 곧바로 사장님으로부터 전화가 걸려 왔지만 받지 않았다. 밤이 늦도록 잠에 들지 못했다. 어쩐 일인지 아이의 얼굴이 잊히지 않았다. 정확하지 않은 발음으로 했던 뜻 모를 말들이 자꾸만 머릿속에서 맴돌았다. 지폐에 적혀 있던 주소는 무엇이었을까. 어디서 그렇게 큰돈이 났을까. 아이는 어디로 떠나는 걸까. 나는 검색창을 켜놓고 한참을 망설이다 그대로 휴대폰 전원을 꺼버렸다.

*

무영과 나는 오래전에 처음 만났다. 나는 당시 졸업반이었고 조금은 무기력했다. 누군가 졸업 이후에 대해 물으면 그때 나는 아무런 생각이 없다고 말했지만, 사실 속으로는 무수한 가능성들을 그리고 있었다. 나는 결국 학교로 돌아갔다. 그동안 휴학과 복학을 거듭하며 일을 했다. 그런 나날을 보내며 종내 학교를 그만두기로 마음먹었던 적도 있었다. 그냥 이렇게 여러 일자리를 옮겨

다니며 사는 것도 나쁘지 않을 거란 생각이었다. 학위를 마치기 위해서는 생각보다 많은 돈이 필요했다. 내 부모는 빚이 많았다. 어머니는 동네 작은 미용실에서 일을 했고 아버지는 이틀에 한 번꼴로 아파트 야간 경비를 나갔다. 십 년 가까이 가족 모두가 일을 했지만 빚은 쉽게 줄어들지 않았다. 우리는 언제나 전보다 더 작은 집으로 이사를 가야 했다.

어머니는 선택을 잘 했어야 한다는 말을 입버릇처럼 달고 살았다. 나는 그게 어떤 선택을 말하는 것인지 몰랐다. 다만 어머니가 더 이상 지나간 시간 때문에 괴로워하지 않았으면 좋겠다는 생각을 했다. 순간의 결정으로 이 모든 것을 뒤바꿀 수 있는 거라면 그것 또한 너무 부당했다. 어머니는 내가 학사를 받으면 지금보다는 훨씬 나은 환경에서 일할 수 있을 거라고 말했다. 그럴 때마다 아버지는 나의 눈치를 살피며 적은 수당이어도 네 마음이 편한 곳에서 지내라는 말을 덧붙였다.

여러 곳을 전전하며 일을 했고 더 이상 글을 쓰는 일도 재미있지 않았다. 그래도 나는 밤마다 일을 마치고 돌아와 글을 썼다. 글을 쓰는 일은 피로했다. 종일 서 있었던 탓에 목과 허리가 뻐근했지만 하루도 거르지 않고 그렇게 했다. 무언가를 남기고 싶다는 생각은 아니었다. 단지 어떤 집착과도 같았다. 그 당시에는 그것이 나에게 어떤 위안이 된다고 여겼었다. 그때의 나는 끊임없이 부유하던 생활 속에서 무언가 끝을 맺는 일이 필요했다고, 이제와 생각해보면 그랬다.

무영은 나에게서 멀리 떨어진 곳에 앉아 있었다. 그다지 눈에 띄는 인상은 아니었는데 이상하게 눈길이 갔다. 그는 교실 안쪽에 앉아 웅크린 자세로 무슨 글씨인지, 그림인지를 자꾸만 끼적였다. 가끔씩 교수의 말에 따라 진지한 얼굴로 고개를 갸웃거리기도 했다. 수업은 지루했고 나는 담배 생각에 자리에서 일어났다. 창밖으로는 빗방울이 눈이 부시게 흩날리고 있었다. 내가 다시 출입문 쪽으로 고개를 돌렸을 때 그는 이미 자리에 없었다. 뒷문을 지나며 다시 한 번 그쪽을 보았다. 나는 혹시나 하는 마음에 재빠르게 교실을 빠져나갔다.

교정은 한산했다. 교내 흡연 구역에는 나 말고 아무도 없었다. 나는 그곳에 덩그러니 서서 내가 방금 전까지 앉아 있었던 강의실을 떠올렸다. 그때 멀리서 커다란 그림자가 움직였다. 누군가 계단을 내려오는 소리가 들렸다. 순간 고개를 숙이고 무언가를 끼적이던 그의 옆얼굴이 스쳤다. 그는 생각보다 키가 컸다. 길고 약간은 구부정한 다리로 천천히 걷는 모습이 안정적이었다. 나는 그가 이쪽으로 가까워지는 것을 보고 황급히 등을 돌렸다. 그랬다가 이내 다시 몸을 틀었다. 그는 내 옆에 서서 담배를 물었다. 나는 담배를 아무렇게나 비벼 껐다. 그가 어떤 표정을 짓고 있는지 알 수 없었지만, 나를 쳐다보고 있다는 느낌이 들었다.

비가 왔었나?

그의 목소리가 나른하게 울렸다. 부드럽지만 어딘가 기운이 없는 목소리였다.

조금 전에, 잠깐.

나는 그렇게 말하고 그쪽을 쳐다보았다가 그만 입을 다물었다. 그는 비에 축축이 젖은 땅바닥을 내려다보고 있었다. 그의 혼잣말을 착각했다는 생각에 얼굴이 빨개졌다. 나는 두세 걸음을 옮겨 옷에 묻은 담뱃재를 털었다. 그가 나를 빤히 바라보았다.

비가 오는 걸 알고 있었어요? 빗소리도 안 들렸는데?

그가 나를 향해 말했다. 나도 그를 올려다보았다.

어, 나랑 같은 수업 듣지 않아요?

그가 살며시 미소를 지으며 말했다.

잠깐 내리고 그치는 비였어요. 소나기처럼 세차게 쏟아지는 비는 아니고 가루가 날리는 것처럼 공중에서 흩날리는 비. 실내에 있었으면 비가 내리는 줄도 모르고 그저 지나쳤을 거예요. 그냥 맞아도 될 정도였어요.

나는 하지 않아도 될 말들을 쏟아내며 변명하듯 그렇게 말했다.

그래도 비를 맞는 건 싫지 않아요? 조금 내리든 그렇지 않든 간에. 물론 난 비 맞는 것에 익숙한 편이긴 하지만……. 제주도는 비가 자주 내려요. 우산을 써도 소용없어요. 차라리 포기하고 시원하게 맞으면 기분이 좋아지기도 하고. 집에 돌아와서는 온몸에 달라붙은 티셔츠

랑 바지랑, 거기서 뚝뚝 떨어지는 빗물이 끈적이긴 하지만요.

그도 나처럼 묻지도 않은 말들을 늘어놓았다. 나는 그게 이상하면도 좋았다. 그 말들이 서로에게 썩 개운한 느낌을 주는 것도, 그렇다고 내가 그의 말을 착각한 것이 없던 일이 되는 것도 아니었지만 나는 순순히 그런 마음이 들었다.

무영과 나는 그 이후로 가까워졌다. 무영은 나에게 많은 이야기를 했지만 나는 무영에게 할 수 있는 말이 많지 않았다. 그래도 우리는 자주 만났고 나는 자연스럽게 그의 자취방을 드나들게 되었다. 우리는 그곳에서 맥주를 마셨고 밤새도록 대화를 나누었고 섹스를 했다. 무영은 종종 내 옆에 누워 자신의 가족에 대해 말했다. 나는 무영에게 내 어머니와 아버지에 대해 얘기할 수 없었다. 나는 그게 부끄러웠다. 어머니와 아버지가 부끄럽다는 생각보다는 아무리 일을 해도 갚아지지 않는 빚이 부끄러웠고 우리의 불우한 미래가 부끄러웠다. 무영과 내가 함께 한 일은 그게 전부였다. 같이 영화를 보러 간다거나 전시회를 구경하거나 요리를 해먹는다거나 하는 일은 없었다. 무영은 그것들을 바라지 않았고 나 또한 마찬가지였다.

무영의 가족은 독일에서 살았다. 무영의 할아버지는 파독 광부였고, 할머니는 파독 간호사였다. 노동의 송출. 나는 그 말이 어딘가 어색하게 들렸다. 무영의 할아버지는 가난했다. 그는 다니던 학교를 그만두고 서독으로 일자리를 찾아 떠났다. 겨울이 시작되던 무렵이었다. 기간을 마치고 그는 자신을 돌봐주던 독일 어머니의 말에 따라 대학에 입학했다. 입학해 보니 한국인 여학생이 있었다. 파독 간호사 출신의 여학생이었다. 그들은 대학생의 신분으로 먼 독일 땅에서 결혼식을 올렸다. 무영은 그때 찍은 사진을 본 적이 있다고 했다. 나는 가끔씩 그들의 결혼식을 떠올려보곤 했다. 그들은 조촐한 방에서 서로를 마주보며 미래를 서약했을 것이다. 품이 넉넉한 감색의 겨울용 양복을 입은 남자와, 허리에 페플럼이 달린 짧은 소매의 아이보리색 재킷과 긴 스커트를 입고 그 옆에 멋쩍게 웃고 있는 여자. 독일인 중 누군가 그들의 결혼식 사진을 찍어주었을 것이다. 한국이라는 낯선 나라에서 온 대학생 커플이라고 현지 언론은 그들을 소개했다. 그들은 독일에서 무영의 아버지를 낳았다. 무영의 아버지도 그곳에서 무영을 낳았다.

무영의 할아버지는 이 년간 집과 병원을 오가며 폐암 투병하다 차가운 독일 땅에 묻혔다. 무영과 무영의 아버지는 그의 묘지 둘레에 나무를 심고 화단을 가꿨다. 봄이면 돌 틈으로 풀들이 자라나고 진노랑색의 수선화가 피었다. 그는 죽기 전에 몇 달 동안은 침대에만 누워 지냈다고 무영은 말했다. 그때 내가 할 수 있는 일은 그의 옆에 앉아 함께 시간을 보내주는 것뿐이었어. 무영은 그렇게 말하며 고개를 끄덕였는데, 나는 그런 무영에게 어떤 위로의 말을 해주고 싶었지만 적당한 말이 떠오르지 않았다. 무영은 그의 옆에서 책을 읽고 그림을 그렸다. 그가 음식을 삼키는 일을 돕기도 했고 그를 위해 노래를 불러주기도 했다. 그럴 때마다 그는 무영에게 답가를 해주듯 자신의 이야기를 들려주었다. 그는 대학 시절의 이야기를 종종 해주었고 무영은 그것을 가장 흥미로워 했다.

독일의 교실은 담배 연기로 자욱했고 학생들의 태도는 불량했다. 더벅머리를 한 청년들은 비딱하게 앉아 궐련을 말아 피웠고 어떤 학생은 교실로 개를 끌고 들어오기도 했다. 교수는 아랑곳하지 않고 열강을 펼쳤다. 학생들은 궐련을 뻑뻑 빨며 수업을 들었다. 오후의 수업은 언제나 그렇듯 무료했다. 학생들은 계속해서 담배를 피웠고 매캐한 냄새가 사방으로 번졌다. 책상 아래에 누워 있던, 갈색과 검은색 털이 아무렇게나 뒤섞여 난 개가 주둥이를 벌려 하품을 했다. 조용한 교실에 개가 하품하는 소리가 울려 퍼졌다. 교실에 있던 모두가 그 개를 내려다보았다. 개는 별일 아니라는 듯이 턱을 바닥에 대고 멀뚱히 모두를 쳐다보았다. 학생들은 깔깔거리며 웃어댔다. 교수도 처음엔 당황하는가 싶더니 결국 어처구니없다는 듯 웃음을 터트렸다. 그제야 그도 사람들을 따라 웃을 수 있었다. 그는 그날부터 조금은 홀가분한 기분으로 학교를 다녔다고 했다. 교수가 소개해준 곳에서 일을 하고, 한 끼의 음식을 하루에 여러 번 나누어 먹으며 돈을 모았다. 무영의 할아버지는 대학에 입학하고 십이 년 만에 박사학위를 받았다.

그가 침대에 누워 이야기를 할 때면 무영은 저도 모르게 숨을 죽이게 됐다고 말했다. 그가 입으로 간간히 숨을 들이마셨다 내쉬었다 하는 모습을 지켜보며 가끔은 가슴을 졸이게 되는 일도 있었다고 했다. 의식을 잃고 인공호흡기를 달기 전까지 그는 무영에게 이야기하는 것을 멈추지 않았다.

*

공항은 한산하면서도 왠지 모를 긴장감이 감돌았다. 벌써 운행이 종료 되었는지 군데군데 불이 꺼진 카운터도 보였다. 터미널을 지나다니는 사람은 없었다. 실내의 분위기는 무겁고 침침했다. 아직 수속이 남아 있는 카운터 뒤에선 승무원 둘이 수다를 떨고 있었다. 두 시간이

나 일찍 도착해 버린 탓에 안으로 들어가지 못하고 이층 대합실에서 대기해야 했다. 거기서 승객으로 보이는 사람은 나와 중년 부부, 셋뿐이었다.

한참을 그 앞에서 서성거렸더니 다리가 저렸다. 잠시 화장실에 들렀다가 탑승장으로 들어가는 입구 바로 앞에 자리를 잡고 앉았다. 나는 어깨에서 가방을 내리고 그것을 품에 끌어안았다. 가방을 베개 삼아 살며시 머리를 기댔더니 피로감이 한꺼번에 몰려왔다. 나는 휴대폰을 꺼내 오늘 아침 무영이 남긴 문자메시지를 다시 읽어보았다. 제주에 도착하면 전화해. 그가 공항으로 마중을 나온다는 말이었다. 나는 무영이 보낸 메시지에 답장하지 않았다.

나는 두 시간 남짓한 시간을 혼자서 어떻게 보내야 할지 몰랐다. 곧 비행기를 탄다고 무영에게 전화를 하려다가 두고, 탑승장 입구 쪽으로 고개를 돌렸다. 자동문이 열리고 공항 직원 한 명이 나타났다. 나는 문이 다시 스르르 닫히는 것을 멀거니 지켜보았다. 공항 직원은 문

앞에 바로 서서 무표정한 채로 있었다. 조금은 지쳐 보이는 얼굴이었다. 몇 시간 뒤면 나도 저 자동문을 빠져나와 피곤한 모습으로 무영과 마주할 것이다. 나는 불만스러운 표정을 억지로 감추려 할 테고, 무영은 그런 나를 보고도 아무런 말이 없을 것이다.

공항 직원은 때때로 손목에 찬 시계를 들여다보았다. 시간이 지나자 대합실에 사람들이 조금씩 찼다. 몇몇의 무리가 각자의 자리에 둥글게 모여 앉아 있었다. 가족 단위가 대부분이었다. 아까 보았던 중년 부부는 어디로 갔는지 보이지 않았다. 나는 자리에서 일어나 주변을 거닐었다. 그러면서 무영의 할아버지를 생각했다. 무영의 할아버지는 작고 오래된 타자기에 종이를 끼우고 오전 내내 단추를 두드렸다. 그는 타자기 두드리는 소리를 좋아했다. 글자마다 자판을 눌러 느리게 문장을 완성해가면 어느새 오전이 다 지나 있었다. 그는 한 페이지를 끝내고 그 다음 페이지로 넘어가기 전에 걸쇠를 풀어 새로 종이를 끼워넣는 일을 반복했다. 그게 다였다. 검은색 또는 빨간색 글자로 꽉 들어찬 종이들은 테이블 위에, 마룻바닥에 그대로 내팽개쳐졌고 그는 그것들을 잊어버렸다. 그의 아내는 그 종이들을 한데 모아 그의 방 어딘가에 두었지만 그는 물론, 그의 아내 또한 그 사실을 망각했다.

무영의 할아버지는 하루에 한 번은 꼭 점심을 먹은 뒤에 산책을 나갔다. 그가 살았던 마을은 작고 조용했다. 노인들이 모여 사는 동네였고 거리에는 인적이 드물었다. 그는 집 앞에 있는 작은 연못을 지나 한참을 더 걸어가면 나오는 시내 중심가의 기차역까지 갔다가, 자전거 보관소 옆에 있는 벤치에 잠시 앉아 숨을 고른 후 집으로 돌아왔다. 기차역 건너편에는 안경점, 보청기를 파는 가게, 꽃집, 서점이 들어선 아케이드가 있었다. 그는 벤치에 앉아 그곳에 드나드는 사람들을 구경했다. 어쩌다 길에서 산책하는 노인을 마주치면 반갑게 인사를 하기도 했다. 그는 대부분의 시간을 그렇게 혼자서 보냈다.

그는 잠을 자면서 편안하게 죽음을 맞이했다. 마지막 잠에 들기 전 그는 이제 그만 집에 가고 싶다고, 몽롱한 달빛에 취해 꿈을 꾸듯 그렇게 말했다. 아무도 그의 임

종을 보지 못했다. 그가 마지막 숨을 내쉬었을 때 무영은 어둠 속에서 작은 새가 날아가는 꿈을 꾸었다. 마지막 순간에 그는 무영에게 아무런 말도 남기지 못했다.

공항 직원이 차단봉의 벨트를 풀고 사람들을 향해 무어라 말을 하자 하나둘씩 열을 지어 그 앞에 섰다. 나도 의자 위에 올려두었던 가방을 챙겨 그들을 따라 줄을 섰다. 문이 열리고 표를 확인받은 사람들이 탑승장 안으로 들어섰다. 문이 열리고 닫히기를 반복했다. 문이 닫힐 때까지 바깥을 내다보며 누군가에게 손을 흔드는 사람도 있었다. 나는 그가 쳐다보는 곳을 향해 돌아보았지만 그에게 손을 흔드는 사람을 찾을 수는 없었다.

무영은 입국장 게이트에서 정면으로 보이는 곳에 자리한 2인용의 자그마한 테이블에 앉아 있었다. 무영이 목을 길게 빼고 나를 찾는 듯했다. 문이 열리고 사람들이 계속해서 몰려나오자, 무영은 그 틈에서 나를 발견하기가 어려웠는지 자리에서 일어나 서서히 게이트 쪽으로 다가왔다. 나는 이리저리 헤매는 무영의 눈길을 계속해서 좋았다. 그가 나를 알아보기 전에 내가 먼저 그를 발견했던 적이 있던가. 이렇게 멀리서 그를 바라보고 있는 게 처음이라는 생각이 들었다. 나는 그 자리에서 걸음을 멈추고 무영을 지켜보았다. 그러고는 그가 끝내 나를 발견하지 못해도 괜찮을 거라 스스로를 위안했다. 사람들이 사방으로 흩어지자 무영이 곧 나를 발견했다. 무영은 방향을 틀어 내가 있는 쪽으로 걸음을 옮겼다. 안녕. 내가 무영에게 짧게 인사했다. 무영은 나를 가만히 내려다보기만 했다. 나는 잠시 숨을 골랐다. 그에게 먼저 웃어 보이고 싶었지만 그럴 수 없었다. 무영은 그제야 나에게 안녕,이라고 말했다. 나는 무영과의 재회가 낯설게 느껴졌다.

공항 밖으로 빠져나오자 무영은 휴대폰을 꺼내 어딘가로 전화를 걸었다. 나는 무영에게서 살짝 뒤로 물러나 길게 줄지어진 대열에서 택시가 하나둘씩 떠나가는 것을 지켜보았다.

피곤해? 배고프진 않아?

통화를 마친 무영이 나긋한 목소리로 물었다.

아니 괜찮아. 대신 시원한 맥주가 마시고 싶어.

내가 조금 신경질적으로 말하자 무영이 한쪽 입꼬리를 올리며 살짝 웃었다. 그리고는 알겠다는 의미로 내 어깨를 가볍게 툭툭 쳤다. 곧이어 무영과 내가 나란히 서 있는 쪽으로 카니발 승용차 한 대가 멈춰 섰다.

타.

무영이 나에게서 가방을 뺏어 들고는 나를 차 안으로 밀어넣다시피 하며 내 등을 밀었다. 운전석에는 피부가 까무잡잡하고 안경을 쓴 사내가 앉아 있었다. 나는 얼결에 그에게 인사를 했다. 무영은 운전사 옆자리에 앉지 않고 나를 따라 뒷좌석에 몸을 실었다. 무영이 차에 올라타자 사내는 뒤를 다시 한 번 힐끗 돌아보고는 차를 출발시켰다. 사내를 앞에 두고 무영과 나는 아무런 대화도 나누지 않았다. 우리는 약간의 거리를 두고 앉았고 서로 창밖만 바라보았다.

차가 멈춰 선 곳은 낮은 건물의 허름한 호스텔이었다.

여기저기 칠이 벗겨진 벽에, 테라스의 난간은 나무로 만든 것이었고, 창문의 개수는 많지 않았다. 사내가 시동을 끄고 제일 먼저 차에서 내렸다. 그다음 무영이 차에서 내리고 나도 그를 따랐다. 사내는 우리에게 인사도 없이, 손으로 머리를 감싸고 껑충껑충 뛰어 호스텔 안으로 사라졌다.

여기야.

무영이 내가 차에서 내리는 것을 보고 그렇게 말했다.

마음에 드는지를 묻는 것 같아 나는 고개를 끄덕였다. 나의 대답을 듣자 무영은 건물로 들어섰고 나는 무영이 가는 쪽을 잠시 보다가 무영 뒤로 걸음을 옮겼다. 호스텔 문을 열자 중앙에 프런트가 보였다. 프런트에는 아무도 없었다. 그 왼쪽으로는 계단이 오른쪽으로는 엘리베이터와 공용 화장실이 있었다. 무영은 프런트를 그대로 지나치고 계단을 올랐다. 내가 머무를 방은 이층이었다. 뒤편으로 창이 난, 햇볕이 잘 들지 않는 방이었다. 신발을 벗고 방에 들어서자 무영이 동전 모양의 키홀더가 달린 열쇠를 건넸다.

맥주나 한잔할까?

무영이 텅 빈 냉장고 문을 열고 닫으며 말했다.

그래.

나는 겉옷을 벗고 무영에게 대답했다.

잠깐만 있어. 내가 나가서 사올게. 다른 건 필요 없고?

무영이 물었다.

아니, 나도 같이 가.

나는 마음을 고쳐먹고 그렇게 말했다. 나는 옷걸이에 걸어두었던 겉옷을 다시 꺼내 입었다. 무영이 팔짱을 끼고 문가에 기대섰다.

그럼 그냥 밖에서 마실까? 내가 다시 물었다.

좋을 대로. 바로 앞에 호프집이 하나 있어. 무영은 그렇게 말하고는 기다리는 게 따분한지 연신 하품을 했다.

아래층으로 내려가자 얼굴이 까무잡잡한 사내가 큰 딱정벌레 같은 청소기를 들고 의자 밑을 청소하고 있었다. 인기척이 들리자 그가 우리 쪽으로 고개를 돌렸다. 남자와 눈이 마주쳤다. 당황한 얼굴이었다. 안녕하세요. 무영이 그에게 인사를 건넸다. 나는 인사말을 건네는 대신 까딱하고 머리를 숙여 인사했다. 그는 우리가 로비를 가로질러 현관문 즈음에 다다를 때까지 그대로 서 있다가 이내 허리를 숙이고 다시 의자 밑으로 들어가 청소를 했다.

호프집의 조명은 어둡고 푸르스름했다. 주인으로 보이는 남자는 구석 테이블에 턱을 괴고 앉아 있다가 우리에게 메뉴판을 가져다주었다. 무영은 메뉴판을 펼쳐 들고 신중하게 음식을 골랐다. 무영이 무언가에 열중하는 얼굴은 마치 정물 같았다. 나는 머리카락에 살짝 가려진 무영의 반듯한 이마를 바라보았다. 주름진 미간이 조금 우스꽝스럽게 여겨졌다. 배 안 고파. 난 맥주면 돼. 내가 무영을 향해 말했다. 내가 배가 고파서 그래. 뭐가 좋을까? 무영은 나에게 메뉴판을 보였다. 무영과 나는 머리를 맞대고 한참을 메뉴판에서 음식을 골랐다. 멀리 있는 테이블에서 단체 손님들이 시끄럽게 떠드는 소리가 들려왔다.

오늘은 피곤하니까 금방 잠들 수 있겠지?

무영이 말했다.

응 아마도. 벌써 잠이 몰려와.

다행이네. 내일은 아침 일찍부터 움직일 거야.

어디를 가는데?

글쎄, 그냥 이곳저곳. 제주도는 볼 게 별로 없어. 돌이랑 바다랑 도로랑 그게 다야. 너무 조용하기만 해. 그래도 시간이 얼마 없으니까. 네가 여기 머무를 시간 말이야. 그냥 아무렇게나 시간을 보내 버리기에는 아까운 마음이 들어서.

무영은 무엇이 조급한 걸까. 무영이 나에게서 무엇을 바라고 있는가, 생각하면 알 수 없었다.

아직 잘 모르겠지만 그래도 여긴 멋진 곳인 것 같아. 평온하고 아름다워.

나의 말에 무영은 한쪽 입꼬리를 올리며 웃었다. 나를 비웃는 기분이 들었다. 하지만 나는 그게 사실이 아니라는 걸 알았다. 그렇게 웃지 마. 꼭 나를 비웃는 거 같잖아. 나는 언제나 그렇게 말했다. 미안. 그게 아니라는 걸 너도 잘 알잖아. 무영은 언제나 그렇게 말했다.

무영이 잠시 화장실에 간 동안, 남자가 투박하게 생긴 맥주잔 두 개를 한 손에 쥐고 다른 한 손엔 튀김이 수북하게 담긴 접시를 들고 왔다. 나는 얼른 그에게서 맥주잔을 받아 들었다. 맥주에 거품이 거의 없었다. 잔에 맺힌 물방울들이 벽면을 타고 흘러내렸다. 맥주잔 하나를 무영의 자리 앞에 두고 무영을 기다리면서 바깥을 바라보았다. 어느새 비가 그치고 바람이 많이 불고 있었다. 나는 공항에서 오는 길에 본 제주의 밤을 떠올렸다. 칠흑 같은 바다와 찬란한 빛에 얼룩진 바다. 물결의 형태와 약한 방파제. 돌담과 돌의 틈새. 낮은 건물과 거대한 나무. 버스 정류장. 거기에서 기다리는 사람들. 오지 않는 버스. 창밖을 내다보는 무영과 공항에서 나를 기다리며 담배를 태우는 무영. 멀리서 나를 찾는 무영의 얼굴. 그리고 무영의 할아버지. 나는 무영의 할아버지를 한 번도 본 적이 없지만 무영의 얼굴에서 그의 모습을 그릴 수 있었다.

무영의 할아버지가 죽고 무영의 가족들은 한국으로

돌아왔다. 그들은 제주에 집을 짓고 그곳에 다시 정착했다. 무영은 성인이 되고 제주를 떠나 서울에 살았다. 그런데 왜 무영은 다시 제주로 돌아왔을까. 제주와 독일. 그 사이엔 무엇이 있을까. 무영의 할아버지가 걷던 산책로. 그가 바라보던 상점의 거리. 예고 없이 내리는 비. 비에 젖은 독일의 거리. 우산을 쓰지 않는 사람들. 조용한 도시. 텅 빈 기차역. 나는 무영의 빈자리를 보며 무영의 할아버지가 바라보던 독일의 풍경을 상상했다. 멀리서 문이 열리고 무영이 돌아오는 소리가 들렸다.

우리는 천천히 맥주를 마셨다. 내가 반을 조금 넘게 마셨을 때 무영은 맥주를 한 잔 더 주문했다. 둘 다 음식에는 손을 대지 않았다. 무영이 한두 번 포크로 감자 샐러드를 집어 먹은 것이 다였다. 침묵이 이어졌다. 나는 조금 지쳐 있었고 무영도 그래 보였다. 몸이 피로하니 맥주 한 잔에도 취기가 돌았다. 내가 맥주를 거의 다 마시자 무영이 남은 맥주를 들이켰다. 우리는 계산을 하고 밖으로 나와 담배를 피웠다. 바람이 세차게 불었고, 나는 무영에게 팔짱을 꼈다. 우리는 어둠에 둘러싸여 함께 걸었다. 호스텔 건물이 거대한 등대처럼 우리 앞에서 밝게 빛났다. 우리는 서로를 걱정하며 그곳으로 돌아왔다. 호스텔에 들어서니 소파 위의 조그마한 조명이 켜졌다. 우리는 프런트를 지나 계단을 올랐다. 나는 외투 주머니에서 무영에게 건네받은 열쇠를 꺼냈다. 문을 따고 신발을 벗자마자 그대로 바닥에 드러누웠다. 이불은 깔고 자야지. 무영이 이불을 꺼내 나에게 덮어주었다. 나는 피부에 닿는 이불의 감촉에 한기를 느끼고 몸을 움츠렸다. 무영이 겉옷을 벗고 화장실로 들어가는 소리가 들렸다. 나는 무영이 나오기를 기다리다가 잠에 들었다.

다음 날 비는 조용히 내리고 있었다. 내리는 빗줄기가 너무 가늘어서 안개처럼 부옇게 보였다. 무영과 나는 일층 테라스에 앉아 얼굴이 까무잡잡한 사내를 기다리며 커피를 마셨다. 아늑하고 고요한 아침이었다. 나는 구름 사이로 비치는 햇빛에 눈이 부셔 선글라스를 썼다. 무영이 조그마한 지도를 건네 보이며 가고 싶은 곳을 몇 군데 골라보라고 했다. 나는 지도를 잘 들여다보아도 어디가 어디인지 알 수가 없어서, 그냥 사람들이 북적대는 곳은 별로라고만 말했다. 무영은 내 말에 지도를 다시 자신의 쪽으로 돌리고 유심히 살펴보았다. 자갈밭으로 바퀴 구르는 소리가 들리고 어제와는 다르게 경승용차가 우리 앞에 멈춰 섰다. 얼굴이 까무잡잡한 사내가 짧게 자동차 클랙슨을 울렸다.

가까운 해수욕장까지만 부탁해요. 무영이 앞자리에 앉은 다음 사내에게 말했다. 사내는 고개를 끄덕이고는 크게 핸들을 돌렸다. 차는 좁은 골목길을 지나 포장도로 위를 매끄럽게 달렸다.

해변을 따라서 천천히 걷다가 아무 식당이나 들어가 아침을 먹자. 그냥 걷기만 하는 거야 느긋하게. 중간에 커피숍에 들어가 앉아, 하염없이 바다를 바라봐도 좋고. 그렇게 길을 따라 걷다 보면 어느새 그곳에 도착해 있을 거야. 어때?

무영은 내가 말이 없자 그렇게 물었다. 나는 언제나 무영이 어때,라고 묻지 않기를 바랐다. 그건 정말로 아무런 소용이 없는 일이었다. 내가 여전히 아무 말도 하지 않자 무영은 뒤를 돌아보며 다시 한 번 물었다. 어때? 나는 무영과 시선을 마주치지 않은 채 말했다. 좋아.

얼굴이 까무잡잡한 사내는 해수욕장 옆에 있는 공터에 차를 세웠다. 저쪽으로 걸어가면 돼요. 사내는 손가락으로 오른쪽을 가리키며 우리가 걸어가야 할 방향을 알려주었다. 나는 차에서 내리기 전에 가방에서 초콜릿 과자를 꺼내 사내에게 내밀었다. 고마워요. 이거 먹어요. 나는 앞좌석을 향해 멀리 팔을 뻗었다. 사내는 거절할 듯이 잠시 주춤거리다 결국 그것을 받아 들었다.

차에서 내려 사내가 가리킨 쪽으로 조금 걸어나가자 우리는 금세 방향을 잃고 말았다. 해변의 풍경이 흐릿했다. 점차 빗방울이 굵어지는 듯해 나는 가방에서 우비를 꺼냈다. 제주도는 비가 자주 온다는 무영의 말을 기억하고 챙겨온 우비였다. 포장지를 뜯어 우비를 펼치고 무영에게 건넸다. 이걸 써야겠어. 비가 점점 많이 와. 무영이 먼저 우비를 걸치고 그다음 내가 우비를 입는 것을 도와주었다.

이제 어디로 가야 하지?

내가 우비를 다 입자 무영이 말했다.

글쎄. 나도 모르겠어. 일단 바닷가로 가보자.

나는 무영의 손을 잡고 끌었다. 우리는 계속 해변을 따라 걸었다. 비가 점점 세차게 내렸지만 파도는 잠잠했다. 바닷가 앞에 안내 표지판이 있었다.

이쪽이야. 이 길로 쭉 따라 걸으면 돼. 무영이 확신에 찬 듯이 말했다. 무영과 나는 대체로 이야기를 나누며 걸었다. 그러다 말없이 걷기도 했고, 이야기를 나누다 문득 떠오른 노래를 함께 들으며 걷기도 했다. 우리는 그렇게 생각 없이 걷다가 때때로 방향을 잃었다. 그럴 때마다 휴대폰을 꺼내 지도를 보며 방향을 다시 찾았다. 지도를 보아도 알 수 없을 땐 무작정 오른쪽으로 방향을 틀고 걸었다. 그랬다가 왔던 길을 다시 되돌아가야 하는 경우도 있었다. 비는 계속해서 내렸다. 잠시 잦아들기도 했지만 그칠 기미는 보이지 않았다. 얼굴에 온통 비를 맞을 정도로 세차게 쏟아지면 건물로 들어가거나 정자 아래서 몸을 피했다. 그러면 또 다시 길을 잃었고 우리는 다시 방향을 찾을 때까지 많은 시간이 걸렸다. 우리는 점심때가 지나서야 밥을 먹었다. 식당 안에서 몸을 녹이고 머리를 말렸다. 바지가 축축하게 젖어 있었다.

오전 내내 너무 많이 걸었어. 나는 우비에 묻은 물기를 닦아내며 말했다.

무영은 말없이 고개를 끄덕였다. 그러면서 어떤 생각에 곤히 잠기는 듯했다. 우리가 도착할 곳은 어디일까. 무영이 마지막으로 나에게 보여주고 싶은 것은 무엇일까. 나는 무영에게 묻지 않았다. 나는 무영이 먼저 말해주길 기다렸다. 옆 테이블에서는 식당 종업원들이 늦은 점심을 먹고 있었다.

가자. 무영이 자리에서 먼저 일어나며 말했다.

나는 조금 더 쉬고 싶은 마음에 우비를 챙겨 입는 무영을 바라보다 느리게 자리에서 일어났다.

택시를 타자. 여기선 너무 멀어. 무영이 식당 문을 벗어나며 말했다. 무영은 도로 맞은편으로 건너가 택시를 잡았다. 나는 무영이 택시 한 대를 잡고 차 문을 열 때까지 맞은편에 그대로 서서 기다렸다.

택시는 마을을 가로질러 한참을 달리더니 어느 등산로 입구 앞에 멈춰 섰다. 눈앞에 놓인 정경을 올려다보니 산이 있었다. 봉우리가 하나뿐인 작은 화산이었다. 마을과 마을 사이에 위치한 그것은 그림책에서만 보던 거대한 무덤 같기도 했다.

오름. 제주도에선 산봉우리를 오름이라고 해. 무영이 말했다.

이거야? 보여주고 싶다고 했던 게? 내가 말했다.

응. 무영이 고개를 끄덕였다. 무영은 그렇게 말하고 나의 손을 이끌었다. 무영의 우비 소매에서 떨어진 빗방울이 내 손목에 닿아 끈적였다. 나는 그 순간 이곳에 오르면 모든 게 끝이 나겠구나, 하는 생각이 들었다. 그래서 나는 꼼짝없이 무영의 손에 잡힌 채 거기 있었다. 우리는 그렇게 잠시 순간을 망설였고, 나는 더 이상 그와 함께 할 수 없다는 걸 직감했다. 나는 무영이 먼저 무슨 말을 하길 기다렸다. 하지만 무영은 그렇게 하지 않았다. 무영은 여전히 비를 맞으며 침묵을 지켰다. 빗소리가 요란하게 우리 주위를 에워쌌다. 가자. 내가 무영에게 말했다. 하지만 무영과 나는 그대로 손을 맞잡고 한참을 그곳에 서 있었다.

산꼭대기로 올라가는 길은 평탄하고 부드러웠다. 작은 화산을 다 오르는 데는 십 분이 미처 걸리지 않았다. 나는 산길을 걸으며 종종 휴대폰을 꺼내 사진을 찍었다. 이번 여행에서 처음으로 카메라를 드는 것이었다. 서쪽으로는 거대한 풍차들이 바람을 타고 돌았고, 산 아래의 공동 목장과 축사에서는 소 울음소리가 들려왔다. 사면이 잔디와 풀밭으로 덮여 있어 짙은 풀 향기가 났다. 뒤편으로 생겨난 여러 개의 오름들이 작은 언덕처럼 군데군데 보였다. 평온하고 아름다운 풍경이었다. 나는 고개를 들어 무영을 보았다. 무영은 아까부터 말이 없었다. 무영과 그 뒤로 보이는 제주의 푸른 풍경이 무척이나 잘 어울렸다. 무영은 거기서 다시는 돌아올 수 없을 것 같아 보였다. 우리는 꼭대기에 올라 산 중턱에 타원형으로 패어진 분화구를 오랫동안 바라다보았다. 나는 그곳에 끊임없이 번지는 비의 얼룩을 보았고, 무영은 나와 다른 방향으로 돌아선 채 산 아래쪽을 응시했다. 무영이 정확히 어디를 바라보고 있는지 알기 어려웠다.

정말 멋진 곳이야. 내가 무영에게 말했다.

그래, 맞아. 무영은 그렇게만 대답했다. 그리고 느린 걸음으로 옆에 있는 벤치에 가 앉았다. 나는 서 있던 곳에 계속 멈춰 서서 무영을 지켜보았다. 무영은 벤치에 앉아 가만히 산 아래를 내려다보다가 이내 두 눈을 지그시 감았다. 피로한 모습이었다. 나는 무영이 무언가를 조용히 참고 견디고 있다고 생각했다. 휴대폰을 들어 시간을 확인했다. 오늘 밤 비행기를 타고 서울로 돌아온다. 나는 그렇게 할 작정이었다. 다시 무영에게로 시선을 돌렸다. 무수한 빗방울들이 무영의 몸을 타고 흘러내렸다. 그의 옆얼굴은 마치 정물 같았다. 우비 위로 빗방울이 떨어지는 소리가 계속해서 울렸다. 나는 오늘 밤 비행기를 타고 제주를 떠날 것이다. 서울에 도착하는 대로 짐을 꾸리고 그 집을 나올 것이다. 나는 내 계좌에 남아 있는 액수를 떠올려보았다. 후미진 동네에 있는 작은 고시원 정도는 얻을 수 있을 것이었다. 내가 떠난 다음에도 무영은 이곳에 앉아 생각에 잠길 것이다. 느린 걸음으로 이곳까지 올라 산비탈을 바라볼 것이다. 한참을 그렇게 있다가 같은 길을 따라 산을 내려올 것이다. 언제나 그렇게 그의 할아버지가 그랬던 것처럼. 나는 그런 생각들을 하며 무영의 할아버지를 떠올렸다. 무영의 가족과 내 어머니와 아버지를 생각했다. 다시 한 번 시계를 보았다. 나는 산 아래로 내려가면 무영과 헤어지기로 다짐했다. 무영이 부르는 소리가 빗소리와 섞여 희미하게 들렸다. 비를 맞는 무영의 뒷모습이 꽃다발을 품고 가게를 나서던 소녀의 뒷모습과 겹쳐 보였다. 생글거리며 웃던 아이의 표정이 잊히지 않았다. 나를 향해 예쁘다고 말하던 아이의 작은 입이 잊히지 않았다. 나는 우리의 불우한 미래에 대해 생각했다. 나는 혼란과 예감 속에서 그를 향해 걸어나갔다.

서머타임

세 사람은 무더운 여름날 테라스에 앉아 맥주를 마시고 있었다. 그들 사이에 대화는 사라진 지 오래였다. 영은 카메라로 카페 주변의 풍경을 담는 데 정신이 없었고, 모는 그런 영의 모습을 무심히 바라보며 맥주만 들이켰다. 리제는 다리를 꼬고 팔짱을 낀 채 앉아 있었다. 카페 맞은편에 편의점 하나가, 그 왼쪽으로는 널찍한 공터가 보였다. 짙푸른 색의 산줄기가 뒤로 뻗어 있었지만 리제에게는 아무런 감흥도 주지 못했다. 근처에 새로 단장한 수목원이 있었는데, 카페는 수목원 개장에 맞춰 급하게 자리를 잡은 듯했다. 카페 외관은 페인트칠도 하지 않은 잿빛 시멘트 벽 그대로였고, 간판도 달려 있지 않았다. 바닥에 붙어 있는 조그만 조명은 오히려 주위의 빛을 빨아들이고 있는 것 같았다. 대낮에 조명이라니. 저런 조명이라면 차라리 꺼버리는 게 낫겠어, 리제는 생각했다. 테라스 구석에 줄지어 있는 개업 축하 화분들이 정경을 더욱더 황량하게 만들었다. 리제는 무엇에도 집중할 수 없었다. 그런데도 영은 무슨 예술적 영감이라도 떠오르는 사람처럼 카메라를 위아래로 흔들며 어수선하게 굴었다. 그런 영을 보고 모는 웃음을 터트렸다. 리제는 카페 주위로 다시 시선을 돌렸다. 그러다가 카페 길목에 있는 인형 뽑기 게임기 앞에서 한 남자를 보게 되었다. 마른 체구, 긴 팔과 다리, 지저분하게 흐트러진 머리를 한 남자의 눈은 무미건조하고 어딘가 슬퍼 보이기까지 했다. 남자의 옷차림은 가벼웠고 가방이나 짐으로 보이는 것은 없었다. 하지만 리제는 남자가 자신들과 같은 외지인라고 생각했다. 그의 흐리멍덩한 눈동자는 초점이 없었고 갈피를 잡지 못하고 있었기 때문이다. 리제는 마른침을 삼키며 앞에 놓인 맥주병을 손가락 끝으로 더듬었다. 게임기 앞을 서성거리던 남자는 내리쬐는 햇볕에 땀을 뻘뻘 흘리기 시작했다. 리제는 계속해서 남자를 응시했다. 그의 눈동자가 빛을 받아 번뜩였다. 리제는 남자의 눈동자가 옅은 회색빛을 띠고 있다는 것을 알았다. 그렇지만 검은 머리칼과 보통의 한국인과 다름없는 피부색이 그가 외국인이 아니라는 것을 말해주고 있었다. 리제는 정체를 알 수 없는 그의 외모에 갑자기 두근거리는 마음을 느꼈다. 그리고 그때 그 남자의 시선이 바로 자신을 향해 있음을 알아차렸다. 남자는 싸움이라도 걸 것처럼 아주 똑바로 리제를 쳐다보았다. 리제는 그의 태도에서 어떤 적의를 느꼈는데 그렇다고 그의 시선을 피할 수는 없었다. 남자는 리제를 향해 뭐라고 중얼거리는 것 같았다. 먼 곳을 뚫어지게 바라보고 있는 리제를 향해 영이 카메라를 돌렸다. 리제는 자신이 찍히고 있다는 것을 알아차리고 나서야 그에게서 시선을 거두었다. 영이 촬영된 동영상을 모에게 보여주고는 깔깔거리며 웃었다. 하지만 모는 꽤나 심각한 얼굴로 카메라 화면을 뚫어지게 바라보았다. 뭐 좋다고 웃어. 리제는 짜증 섞인 목소리로 말했다. 그러고는 카페 길목 쪽으로 다시 시선을 돌렸다. 남자는 벌써 사라지고 없었다. 리제는 잠시 꿈을 꾼 듯한 기분에 사로잡혔다. 그제야 비로소 리제는 그들이 낯선 타지에 있다는 사실을 실감했다.

더 이상 못 참겠어.

그때 모가 느닷없이 테이블을 쾅하고 내려치고는 외쳤다.

뭐가?

리제가 대답했다.

뭐라도 하자 우리. 수영이라도 할까?

모는 여전히 결의에 찬 표정을 짓고 있었다.

그래 뭐라도 하자. 하지만 저기 수목원은 가고 싶지 않아.

리제가 말했다.

그럼 밥을 먹으면서 생각해보자. 이제 곧 열두시야.

영은 그렇게 말하며 무작정 카메라 가방을 들고는 자

리에서 일어섰다.

그들은 어느 골목에 있는 이탈리안 음식점에 자리를 잡았다. 골목에는 여러 개의 음식점들이 모여 있었는데 그 모습이 어설프게나마 이국적인 분위기를 풍겼다. 리제는 천막 위로 보이는 작은 글자로 시선을 고정했다. 리바가 무슨 뜻일까? 리제가 물었다. 글쎄. 이탈리아 어느 소도시 이름이겠지. 영이 무심하게 대답했다. 점심을 먹기에는 아직 이른 시간이었다. 모는 평소 잘 먹지 않는 메뉴를 열심히 살펴보다가, 닭가슴살이 들어간 따뜻한 샌드위치와 샐러드가 곁들어진 훈제 연어 그리고 약간의 빵을 더 주문했다. 주문을 마친 뒤 모는 힘을 빼고 의자에 몸을 기댔다. 모가 지금 무척이나 애를 쓰고 있다고 리제는 생각했다. 리제는 몸을 돌려 수목원 쪽을 바라다보았다. 밤이 되면 한번 다녀와볼까, 생각이 들었다. 와인, 조금은 괜찮지? 물어오는 영에게 리제가 조용히 고개를 끄덕였다.

모는 얇은 빵에 훈제 연어와 샐러드를 싸서 먹었다.

리제는 빵과 닭가슴살을 분리해 조금씩 잘라 먹었다. 영은 잔에 조금 남아 있는 와인을 홀짝였다. 영의 입꼬리가 붉게 물들었다.

너 꼭 입 찢어진 조커 같다.

모가 말했다.

놀리지 마.

영이 그렇게 말하며 일부러 더 크게 웃어 보였다.

영은 작게 자른 오이를 포크로 찌르며 어린 시절 외국에 살았던 집에 대해 이야기했다. 흰색 집들이 오밀조밀 모여 있는 주택가였는데 왜 모든 집이 흰색이었는지는 의문이었다. 어쨌든 집들의 크기와 높이가 다 제각각이어서 전체적으로 잘 정돈된 느낌은 아니었다. 주택가는 전철역을 빠져나오면 보이는 공원 바로 건너편에 있었다. 제프콧 3번 길, 두 번째 집. 조그마한 이층집이었다. 영의 집 역시 흰색이었다. 영은 아직도 현관을 드나들 때마다 시끄럽게 울리던 차가운 철제문 소리를 잊지 못했다. 항상 조심해야 했어. 일층에 사는 주인아주머니가 조금 유별났거든. 바람 때문에 문이 쾅하고 세게 닫히면

얼마나 맘을 졸였는지 몰라. 영은 그렇게 말하고 눈을 감았다. 케케묵은 먼지가 내려앉은 카펫. 새빨간 소파. 간이 식탁과 의자. 길쭉하게 난 좁다란 부엌. 부엌을 지나면 나타나는 문. 작은 테라스. 겨울은 너무 추웠으니까, 학교에서 돌아오면 곧장 방으로 들어가 이불을 뒤집어쓰고 흑백 무성영화를 보았다. 그러다 그것도 싫증이 나면 쏟아지는 채광을 오롯이 받으며 그저 멍하니 창밖을 응시했다. 창밖으로는 공원이 내려다보였다. 지금도 생생히 기억하는 영화 같은 장면 하나가 있어. 영이 와인을 삼키며 말했다. 키가 큰 여자 하나가 민소매 운동복 차림으로 나타났어. 공원에는 몇몇 사람들이 있었지 아마. 여자는 긴 밧줄을 주섬주섬 꺼내더니 몸을 조금씩 움직이다 이내 큰 물결을 그리며 위아래로 밧줄을 흔들었어. 그리고 다시 커다란 원을 그리며 밧줄을 돌려댔어. 엄청나게 신비한 광경이었지. 여자는 계속해서 허공에다 무언가를 그려댔어. 여자 주변으로 조금씩 사람들이 모였어. 두툼한 목도리를 두르고 벤치에 앉아 책을 읽던 남자도 흥미로운 얼굴로 그 여자를 쳐다봤지. 여자는 어떤 것을 바라는 듯 보이기도 했고, 전혀 그렇지 않은 것 같기도 했어. 영은 손으로 입꼬리를 쓸었다. 재밌는 장면이네. 모가 말했다. 전에도 영이 이 여자에 대해 말한 적이 있었다. 리제는 많고 많은 그때의 기억 중에, 영이 왜 하필 그 여자에 대한 인상을 이토록 강렬히 기억하는지 알 수 없었다. 그 여자는 어쩌면 영이 만들어낸 환영일지도 모른다고 리제는 생각했다. 영은 외국에서 고등학교를 졸업한 뒤 한국으로 돌아왔다. 대학에 진학했지만 끝내 적응하지 못하고 학교를 그만두었다. 영은 언제나 영화 같은 순간을 꿈꾸며 다시 외국으로 돌아가고 싶어 했다. 리제는 한국 사람이면서 한국에 적응하지 못하는 영을 이해할 수 없었다.

모는 시간을 확인했다. 어느새 점심시간을 훌쩍 지나고 세 사람이 먹고 마시는 와중에 이따금씩 들어오던 손님들은 모두 사라지고 없었다. 세 사람 다 조금 취해 있었다. 리제는 고개를 돌려 주위를 살폈다. 꼭 시간이 멈춰버린 것 같은 기분이 들었다. 왜 자꾸 우리뿐이지? 리제가 말했다. 그게 어때서? 영이 가늘게 실눈을 뜨고 되물었다. 여기서 한 잔 더 할래? 모가 물었다. 아니. 난 좀 쉬어야겠어. 영이 꽤 다급한 목소리로 말했다. 모가 어깨를 으쓱하고는 마지막으로 와인 한 모금을 마셨다.

리제는 열쇠에 적힌 호수를 머릿속으로 되뇌며 복도를 걸었다. 복도 가장 끝에 있는 방이었다. 칠이 벗겨진 손잡이를 돌려 방문을 열었다. 리제는 안으로 들어가지 않고 뒤따라오는 영과 모를 바라봤다. 둘은 나란히 걷고 있었다. 모가 이따금씩 영의 상태를 살피는 듯했다. 영이 리제를 향해 양손을 신나게 흔들며 웃어 보였다. 리제도 영을 따라 손을 흔들었다.

영은 침대에 쓰러지듯 몸을 눕혔다. 커튼 좀 쳐줄래? 리제는 자신의 옆에 누워 있는 영을 보며 말했다. 한 병 넘게 마셨던가? 거의 아무것도 먹지 않았어. 계속 와인만 마셔댔지. 모가 말했다. 목이 마르네. 리제가 목 언저리를 훑었다. 어디가 좋을까? 베란다에 나가서 먹자. 모는 들어오는 길에 사온 맥주를 꺼냈다. 여름 끝 무렵이 되었는데도 여전한 무더위에 숨이 막혔다. 모는 둥그런

난간에 기대어 이마에 흐르는 땀을 닦아냈다. 리제는 벌컥벌컥 맥주를 들이켰다. 침묵이 이어졌다. 모든 것이 참 조용했다. 리제는 아무것도 묻지 않는 모가 서운하기도 했다. 왜 갑자기 떠나왔는지, 어디로 가고 있는지 그리고 지금 내가 어떤 마음인지도, 모는 묻지 않았다. 모는 언제나처럼 다 알고 있다는 듯이 말이 없었다. 아니 정말로 다 알고 있을지도 몰랐다. 그래도 모른 척 물어주면 좋을 텐데. 리제는 맥주 한 캔을 새로 땄다. 멀리 수목원이 보였다.

내일은 저기 수목원에 가보자. 리제가 말했다.

아깐 싫다며. 모가 말했다.

맘이 바뀌었어. 영도 그러자고 할걸. 리제가 말했다.

내일? 너무 더울 텐데? 그럼 해가 지면 가는 게 어때? 모가 말했다.

밤에 가면 뭐가 보이기나 할까. 무언가를 보고 싶은 건 아니니까. 리제는 하늘을 올려다보았다. 구름 한 점 없는 너무도 비현실적으로 투명한 하늘이라고 생각했다. 해가 지려면 아직 멀어 보였다. 리제는 영이 어릴 적에 살던 하얀 집을 그려보았다. 지붕도 그늘도 없는 하얀 집. 바람도 통하지 않는 다락방. 책상 위에 마구잡이로 붙어 있는 프랑스 영화들의 스틸컷. 영은 여름이 지긋지긋하다고 했다. 술을 마시지 않고서는 견딜 수가 없지. 농담조로 말하는 영을 리제는 핑계라며 놀려댔다. 영이 살았던 곳에는 계절에 따라 줄어들고 늘어나는 한 시간이 존재한다고 했다. 그렇게 선물처럼 주어지는 한 시간은 영에게 어떤 의미였을까. 리제는 그저 한순간에 사라지고 마는 허상에 불과했을 거라고 생각했다. 오늘은 일찍 자야겠어. 리제가 모에게 맥주 한 캔을 건네며 말했다. 너무 많이 마시는 거 아니야? 모가 남아 있는 맥주를 힐긋거리며 말했다. 하늘 좀 봐. 아직도 해가 쨍쨍해. 이런 날은, 술을 마시지 않고는 견딜 수가 없지. 그 말에 모가 희미하게 웃다가 이내 고개를 들어 하늘을 올려다보았다.

장례식은 잘 다녀왔어? 모를 바라보며 미소를 짓던 리제는 갑작스러운 물음에 얼굴을 굳혔다.

*

오랜만에 하는 외출이었다. 일주일도 넘게 장마가 이어지고 마침내 비가 그쳤다. 이렇게 이른 아침에 집 앞을 걸어본 일이 있던가. 리제는 축축하게 젖은 거리에서 풍겨오는 비릿한 냄새를 맡았다. 제대로 잠을 자지 못했음에도 리제는 점점 정신이 맑아지는 것을 느꼈다. 리제는 검은 반팔 셔츠에 진회색 면바지를 입고 어깨에 커다란 배낭을 메고 있었다. 이렇게 더운 여름에는 어떻게 옷을 입어야 하는지 도무지 감이 잡히지 않았다. 여러 벌의 옷을 갈아입고 나서야 밖을 나설 수 있었다. 얼마 지나지 않아서 비 오듯 땀이 쏟아졌다. 점점 몸에 무리가 오는 것을 느꼈다. 본인 몸은 본인이 제일 먼저 알고 느껴요. 아프면 참지 말아요. 리제는 마지막으로 나눴던 의사의 말이 생각났다. 뭐라도 챙겨 먹고 나올걸. 후회가 들어 근처 빵집으로 걸음을 옮겼다. 샌드위치 하나와 주스를 들고 구석 테이블에 자리를 잡았다. 첫차는 놓치겠네. 리제는 버스를 타면 엄마에게 전화를 해야겠다고 생각했다. 리제는 창으로 내다보이는 거리를 응시했다. 지나다니는 사람이 많지 않았다. 고요했지만 머지않아 분주한 생동감이 끓어오를 시간이었다. 순간 리제의 시야가 가로막혔다. 커다란 트럭이 빵집 앞에 멈춰 섰다. 리제가 시커먼 자동차 바퀴 안에 갇힌 모습으로 창에 비쳤다. 다시 비가 오려나. 장마가 아직 완전히 끝난 것은 아닌 듯했다. 리제는 작은할아버지의 얼굴을 떠올려 보았다. 한 번에 떠올리기가 쉽지 않았다. 리제가 아주 어렸을 때, 두어 번 본 기억이 있었다. 그 모습마저 분명하지 않았다. 어제는 간단하게 시리얼로 저녁을 때운 뒤 곧바로 샤워를 했다. 간헐적으로 느껴지는 두통에 일찍 잠에 들어야겠다고 생각했다. 냄비에 따듯하게 데운 두유를 컵에 따라 부었다. 고소한 두유 냄새가 방 안에 은은하게 퍼졌다. 잠에 들기 전 리제는 엄마에게 전화를 걸었다. 엄마에게서 뜻밖의 말이 들려왔다. 지금 장례식장이야. 작은할아버지가 돌아가셨어. 너한테 말 안 하려고 했는데. 괜히 신경 쓰이게. 엄마의 차분한 목소리가 나지막하게 들렸다. 아니야. 그래도 가봐야지. 리제는 무턱대고 그렇게 대답했다. 내일 터미널 앞으로 데리러 오겠다는 엄마의 말을 끝으로 통화를 끝냈다. 불을 끄고 자리에 누웠지만 쉽사리 잠에 들지 못했다.

터미널은 많은 사람들로 붐볐다. 버스 하차장이 있는 별관에서 본관으로 이어지는 통로를 찾았다. 계단을 오르고 또 다시 내려왔다. 지금까지 한 일이라곤 차를 타고 시간을 보낸 것밖에 없는데 벌써부터 피로감이 밀려왔다. 수면이 부족해서 그럴 거라고 리제는 생각했다. 약속한 택시 승강장 앞에 다다랐다. 아무도 나와 있지 않았다. 모르는 번호로 걸려온 전화에서 숙모의 목소리가 새어나왔다. 안녕하세요? 잘 지내셨어요? 의례적인 인사말이 오갔다. 수화기 너머 엄마의 목소리가 어렴풋이 들려왔다. 차가 조금 밀리네. 천천히 오세요. 통화를 마친 리제는 앉을 만한 곳을 찾아 주위를 두리번거렸다.

운전석에는 숙모가, 조수석에는 엄마가 타고 있었다. 작년 겨울에 병원 앞에서 헤어진 뒤로 오랜만에 보는 엄마의 얼굴이었다. 리제는 커다란 가방을 끌어안은 채 뒷좌석에 앉았다. 장례식장이 여기서 조금 멀어. 아침 일찍 오느라 피곤했을 텐데 잠깐 눈이라도 붙여라. 숙모가 사근사근한 말투로 말했다. 괜찮아요. 안 피곤해요. 피곤하지 않다는 것은 거짓말이었지만 저 둘을 앞에 두고 잠이 올 것 같지는 않았다. 리제는 창밖으로 시선을 돌렸다. 창밖의 모습들이 생경하게 다가왔다. 특히 낮에 보는 이 도시의 풍경은 얼마 만인가. 병원에 잠깐 입원했다면서요? 숙모가 엄마에게 말을 붙였다. 리제는 자신의 이야기인가 싶어 고개를 돌렸다.

그냥 정기검진 같은 거였어. 엄마가 대수롭지 않다는 듯 말했다.

이상한 데는 없다더라. 그래도 아직은 조심을 해야 하니까. 재는 뭐든 맨날 괜찮다고만 하는 애라……. 내가 별수 있나, 제 몸은 제가 챙기는 거지 뭐.

병이라는 게 조심한다고 되나 그게. 괜찮은 거 같다 싶으면 불쑥 나타나고, 조금 나았다 싶으면 도로 제자리고 그렇지. 숙모가 엄마의 눈치를 살피며 말했다.

아휴, 너무 걱정 마요. 아무 이상 없다면서요. 숙모가 멋쩍게 웃으며 황급히 말을 이었다.

평소 같으면 그냥 웃고 말았을 텐데 리제는 순간 미안한 마음이 들었다. 무슨 말이라도 해야겠다 싶었지만 선뜻 입 밖으로 꺼내기가 어려웠다. 리제는 진단 결과를 기다리던 날 아침을 생각했다. 사방으로 둘러쳐진 커튼, 급식 수레를 끄는 요란한 소리, 여기저기서 웅성거리는 말소리, 어둠과 빛 그 중간의 색, 파도처럼 덮쳐오는 불안감, 서늘한 침대 시트의 촉감. 잠시 떠나 있던 병원의 모습은 그대로였다. 이제 겨우 일 년이 지났을 뿐이었다. 리제는 뇌파검사로 끈끈한 젤이 엉겨붙은 머리카락을 억지로 빗어내며 병실 문을 나섰다. 화장실로 가서 세수도 하고 이도 닦았다. 거울에 비친 자신의 모습이 실재하지 않은 유령처럼 느껴졌다. 병실로 돌아와서는 침대에 앉아, 병원에서 주는 밥을 먹었다. 맑은 콩나물국에 밥을 말아 국물까지 싹 비워냈다. 식판을 밖으로 내고 다시 이불 속으로 기어들어갔다. 침대 주위로 꽁꽁 커튼을 쳤다. 다시 어둠이 찾아오는 것 같았다. 바다를 표류하는 작은 구명선에 앉은 기분이었다. 한시라도 빨리 이곳을 빠져나가고 싶었다. 아무 이야기도 듣고 싶지 않았다. 아무 얘기도 나누고 싶지 않았다. 그러나 누군가의 발소리와 함께 시끄러운 소음를 내며 커튼이 젖혔다. 엄마였다. 잠을 설쳤는지 엄마의 얼굴이 조금 부어 있었다. 일어났으면 좀 움직이지 않고……. 답답하지도 않니. 창문도 열어서 환기도 시키고 그러지. 엄마는 손에 들고 있던 종이가방을 침대 발치에 내려놓았다. 머리는 보통 때와 다르게 단정하게 손질되어 있었다. 엄마에게서 옅은 화장품 냄새가 풍겼다. 리제는 화장했어? 라고 물으려다 말고 엄마의 가방을 가져다가 말했다. 머리가 간지러워 죽겠어. 사람 꼴을 이렇게 만들어놓냐. 묶기라도 해야지 안 되겠어. 엄마 고무줄 있어요? 리제는 한 손으로 머리를 부여잡고 또 다른 한 손으로는 가방을 뒤적거렸다.

의사와 면담을 마치고 엄마가 가져온 속옷으로 갈아입었다. 퇴원 수속을 밟고 병원을 나섰다. 병의 재발은 없었다. 엄마는 연거푸 의사에게 인사를 했다. 엄마의 몸이 물고기처럼 연달아 튀어올랐다. 병원 앞에서 엄마를 택시에 태워 집에 보냈다. 살가운 작별의 인사도 없었다. 여기까지 와서 집에도 들르지 않고. 엄마가 서운한 기색을 비쳤다. 리제는 병원 입구에 세워진 시계탑을 보았다. 곧 점심시간이었다. 엄마는 집에 돌아가 밑반찬으로 대충 식탁을 차리고 식사를 할 것이다. 리제는 택시에 올라타는 엄마의 뒷모습을 보며 생각했다.

리제는 눈앞에 놓인 영정 사진을 빤히 쳐다보았다. 사진 속의 그는 무심한 표정이었다. 목을 움츠리고 있어 시선을 약간 내리깐 듯 보였지만 눈동자는 정면을 향하고 있었다. 꼭 실제로 자신을 바라보고 있는 것 같았다. 리제는 그가 살아 있는 모습을 상상했다. 그는 말없이 거친 호흡을 내쉬며 리제와 시선을 마주했다. 리제는 그의 시선에 어찌할 줄 몰랐지만 눈을 피할 수는 없었다. 새로운 무언가를 바라보듯 리제를 응시하던 그의 눈동자가 흔들렸다. 그는 색이 바랜 회색빛의 푸르스름한 눈동자를 가지고 있었다. 리제는 문득 그의 손을 잡아보고 싶다는 생각을 했다. 여느 노인의 손처럼 거무튀튀하고 투박한 손가락 마디를 가졌을까. 메마르고 억센 나무의 결을 닮은 손바닥은 그 크기가 얼마나 될까. 리제는 주먹을 쥐고 그 단단한 손의 크기를 가늠해보고 싶었다. 아마 두 주먹은 거뜬히 들어갈 거야. 리제는 생각했다. 그리고 손을 펴서 그의 손을 감싸고 아직은 남아 있는 온기를 느끼고 싶었다. 하지만 리제가 볼 수 있는 것은 허옇게 세어버린 머리칼과 무표정한 얼굴과 빛을 잃은 두 눈동자뿐이었다. 그 역시도 리제가 누구인지 알아보지 못하는 듯했다. 안녕하세요. 리제예요. 리제는 그렇게 눈으로 인사를 했다. 돌아오는 말은 없었다. 그게 끝이었다. 처음이자 마지막인 인사. 리제는 고개를 숙이고 묵도했다. 이것이 그의 진짜 마지막 표정이었을까. 어찌됐든 리제는 이제부터 그를 이렇게 기억할 수밖에 없었다. 리제는 그에 대해 아는 것이 없었다. 리제는 발걸음을 느리게 옮겨 뒤로 돌아섰다. 어딘가로 사라졌을 거라 생각했던 엄마가 두 손을 가지런히 모은 채 벽에 기대서 있었다.

허기질 텐데 어서 먹어라. 이것도 먹고. 음료수라도 갖다 줄까? 숙모가 일회용 플라스틱 접시를 앞으로 밀며 말했다. 엄마는 말없이 숟가락을 들었다. 엄마와 마주 보며 식사를 하는 것이 실로 오랜만이었다. 그날, 병원에서 나와서 엄마를 택시에 태워 보내기 전에, 밥이라도 같이 먹고 헤어질걸 하는 후회가 들었다. 리제는 국을 몇 번 떠먹고 밥알을 끼적이다 이내 수저를 내려놓았다. 종이컵 세 개에 매실차를 나눠 따라 엄마와 숙모 앞에 가져다놓았다. 리제는 차가운 매실차를 홀짝이며 마른안주로 나온 땅콩과 호두를 집어 먹었다. 매실차가 따뜻했더라면 더 좋았을 거라고 생각했다. 엄마와 숙모는 이런저런 이야기를 나누고 있었다. 시시한 말들이었다. 둘 다 조금 지친 기색이었다. 그곳에 앉아 있는 모든 사람들이 그랬다. 끝없이 오가는 말들 속에서 공허한 표정을 감출 수 없었다. 리제는 밖에 나가서 잠시 걸어야겠다고 생각했다.

장례식장 뒷문을 통해 복도를 빠져나가자 사위가 온통 하늘로 가득 찼다. 찬란했다. 저절로 눈살이 찌푸려

지는 햇살이었다. 손그늘을 만들어 하늘을 올려다보았다. 그림자가 졌다 이내 사라졌다. 무언가 날아가는 듯했다. 리제는 주차장 쪽으로 난 길을 따라 걸었다. 그 길 중간에 서있는 자판기에서 커피 한 잔을 뽑았다. 컵을 잡고 있는 손에 차츰 온기가 전해졌다. 리제는 차가 주차되어 있는 곳을 찾아 걸음을 옮겼다. 그러면서 아까 지나쳤던 것이 무엇인지 생각했다. 새인지 비행기인지 아니면 다만 자신이 느끼는 빛의 잔상인지 생각하며 리제는 온몸이 발가벗겨지는 기이한 기분을 느꼈다. 코끝이 시려오며 리제는 당장 어디론가 떠나고 싶은 생각에 사로잡혔다.

*

리제가 눈을 떴을 때, 모는 베란다에 나가 담배를 태우고 있었고 영은 거울 앞에 앉아 화장을 하고 있었다. 리제는 여전히 침대에 엎드려 눈만 껌뻑거리고 있을 뿐이었다. 모는 두 손을 마구 휘저으며 베란다 문을 열고 들어왔다. 아직 덜 마른 머리가 사뿐히 내려앉아 있었다. 멀끔한 둘의 모습에 리제는 조금 억울한 기분이 들었다. 언제 일어났어? 그제야 리제가 몸을 일으키며 물었다. 그러지 말고 얼른 씻지? 영은 거울을 통해 리제를 보며 말했다. 모는 커피포트에 물을 올리고 턱을 괸 채 졸음을 참고 있었다. 리제는 반쯤 누운 어정쩡한 자세로 침대에 걸터앉아 영이 화장하는 모습을 지켜봤다. 오렌지색 립스틱을 바르며 열중하던 영이 입술을 내밀며 리제를 돌아봤다. 짙은 쌍꺼풀이 매끈하게 뻗은 눈매가 날카로웠다. 영이 리제에게 어서 일어나라고 재촉하는 눈빛을 보냈다.

너는 그런 색이 참 잘 어울려. 피부가 까무잡잡해서 그런가. 리제는 그런 영의 눈빛을 외면하고 여유롭게 미소 지으며 말했다.

바보 같은 소리 말고, 이제 좀 일어나지 그래? 영이 말했다.

저기에 포도와 잎사귀로 엮은 화관만 씌우면 바쿠스가 따로 없는데 말이야. 리제가 말했다. 둘을 가만히 지켜보던 모가 대꾸했다.

자 봐봐. 머리는 지금보다 조금 더 짧고 곱슬머리에다, 주름진 흰색 천을 왼쪽 어깨에 걸치고 우아하게 잔을 건네는 거지. 모가 자신의 머리와 몸을 매만지고는 건배하는 시늉을 했다. 그런 모를 보고 리제가 깔깔거리며 웃었다.

나를 아무것도 모르는 주정뱅이로 만들 셈이야? 아직까지도 침대에 뻗어 있는 게 누군데? 그만하고 이제 일어나. 영이 리제를 향해 말했다.

주전자에서 물 끓는 소리가 시끄럽게 나자 모가 일어섰다. 둥그렇고 높이가 낮은 찻잔에 인스턴트 커피를 넣고 물을 따라 부었다. 모가 커피잔을 휘휘 저었다. 티스푼이 커피잔을 긁는 소리가 났다. 이른 아침에 들리는 새소리만큼 듣기 좋은 소리라고 리제는 생각했다. 모가 연신 하품을 하며 영에게 커피잔을 건넸다. 도대체 어제 몇 시에 잔 거야? 영이 물었다. 글쎄, 하지만 괜찮아. 모가 짧게 대답했다. 고요한 방 안에 둘의 말소리가 잔잔하게 울렸다.

모래는 유리처럼 빛났고 견딜 수 없게 뜨거웠다. 물가에서 멀리 떨어져 있는 모의 모습이 점점 가까워졌다. 한 걸음 한 걸음 모래가 끈적하게 달라붙었다. 발가락 사이로 부서지는 촉감이 간지러웠다. 모는 끼고 있던 선글라스를 벗고 종아리에 달라붙은 모래알을 털어냈다. 어깨가 발갛게 달아올라 있었다. 그 너머로 하얀 돌계단이 배경처럼 깔렸다. 그 뒤로는 전나무들과 넓은 잔디밭이 펼쳐져 있었다. 조화로웠다. 모든 것들이 빛을 받고 반짝이고 있었다. 이 모든 것들이 동전처럼 쌓여가는 거야. 이 멋진 장면을 언제나 기억해야겠어. 리제는 그렇게 생각했다.

리제는 팔과 다리의 물기를 대강 훔쳐내고 모의 옆에 수건을 깔고 누웠다. 모에게서 후끈거리는 열기가 느껴졌다. 모는 선글라스를 쓰고 무릎을 굽힌 채 비스듬히 누워 있었다. 리제는 다리와 팔에 선크림을 바르며, 수영을 하는 영을 바라봤다. 일렁이는 파도 사이로 영의 모습이 잠깐 나타났다 사라졌다.

너도 수영하는 게 어때? 물이 생각보다 차갑지는 않지만.

리제가 말했다.

아니, 조금 이따가.

모가 말했다.

오늘같이 바람이 많이 불고 햇볕이 내리쬐는 날이 있었는데…….

모가 말끝을 흐리며 속삭이듯 말했다.

이상한 날씨였지. 비도 안 오고, 날은 너무 더운데, 바람은 사납게 몰아치고. 그날 어떤 사고가 있었어. 어린 남매가 무너진 벽에 깔려 사망한 사고였는데. 둘은 학교를 마치고 집에 가는 길이었는지, 아무튼 함께 어딘가를 가고 있었겠지.

그래서? 리제가 물었다.

그래서는 뭐. 그게 끝이야. 정말 그렇게 끝. 모든 것이 끝나버렸지. 한순간에 말이야.

모가 고개를 끄덕이며 말했다.

아니, 어쩌다가. 리제가 알 수 없다는 표정을 지었다.

공사 중이던 건물 앞에 임시로 커다란 시멘트 벽을 만들어 놓았나봐. 그게 도대체 무슨 용도였는지는 모르겠지만, 여기서 그건 중요하지 않고. 아까도 말했잖아. 오늘같이 바람이 세차게 부는 날이었다고. 그 단단하고 거대한 시멘트 벽이 바람을 견디지 못하고 무너진 거지. 와르르. 그것도 하필 그 순간에, 남매가 그 앞을 지나가던 순간에 말이야.

그러게. 왜 하필 그때.

리제가 말했다.

그런데 그 순간에도 여동생이 다칠까 봐, 어린 남자아이가 동생을 자기 품으로 끌어안고 쓰러졌대. 사고가 나고 시신이 발견됐을 때, 그 둘이 어떤 모습을 하고 있었을지 상상이 안 가. 너는 어때?

모가 물었다.

글쎄. 너무 끔찍하다.

리제가 말했다.

뭐 각자가 그려내는 모습이니까. 누군가는 아름답다고 말할 수도 있겠지. 그렇게 각자가 기억하는 모습을 가지고, 남매가 함께 죽은 곳에 꽃을 가져다 놓은 거겠지. 무너진 벽 앞에 말이야.

모가 말했다.

너도 그렇게 했어?

리제가 물었다.

아니, 나는 그 남매를 생각하면 아무것도 떠오르지가 않아. 어쩌면 그 둘을 끝까지 기억해낼 자신이 없었을지도 모르지. 모가 대답했다.

어째서. 지금도 나에게 이 이야기를 해주고 있잖아. 그게 바로 기억한다는 말이지.

리제가 말했다. 그런가. 모가 씁쓸한 웃음을 지어 보였다.

해가 더 뜨거워지기 전에 수영을 해야겠어. 이따가 밤에 수목원에 갈 거지? 영에게 말해놓을게. 모는 자리에서 일어서더니 윗옷을 벗고 물가 쪽으로 걸어갔다. 멀리서 두 손을 들고 모를 반기는 영의 모습이 보였다. 리제는 모가 두고 간 선글라스를 집어 들었다. 입으로 모래를 후후 불어 털어내고 선글라스를 꼈다. 멀리서 영과 모가 말하는 소리가 어렴풋이 들려왔다.

찬란한 불빛으로 빨갛게 물든 수목원은 한적했다. 빨간 조명은 어둠 속으로 소멸하는 듯 보였다. 성긴 모양으로 담장에 얽혀 있는 담쟁이덩굴이 음산하게 느껴졌다. 어두워서 그런가. 뭐가 잘 보이지도 않아. 영이 말했다. 같이 사진이라도 찍으려고 했더니. 영이 어깨를 으쓱했다. 둘이 서봐, 내가 찍어줄게. 모가 영에게서 카메라를 빼어 들었다. 찍어도 안 나올 텐데. 리제가 말했다. 영이 리제의 어깨에 손을 올리고 카메라를 응시했다. 리제도 고개를 돌리고 정면을 바라봤다. 카메라가 플래시를 터트리며 찰칵 소리를 냈다. 모는 찍은 사진을 돌려보다가 사진 하나를 보여주었다. 사방은 온통 컴컴한데 리제와 영의 얼굴만 밝은 빛을 받아 뚜렷했다. 둘 다 갑작스러운 불빛에 놀라 우스꽝스러운 표정이었다. 모가 만족스러운 미소를 지었다. 이상해. 영은 그렇게 말하면서도 계속해서 사진을 쳐다보았다. 리제는 영의 카메라를 응시했다. 영은 어디서나 카메라를 가지고 다녔다.

리제는 영이 한쪽 눈을 감고 카메라 셔터를 누르는 모습을 떠올렸다. 그 모습은 리제에게 익숙한 것이었지만 지금만큼은 특별하게 느껴졌다. 영이 카메라를 통해 간직하는 순간들은 곧 영의 감정을 대신하는 것이었다. 그 감정의 대부분은 그리움의 현상들로 나타나는 것이었다. 영은 순간에 사라질 자신의 감정을 끝없이 사진으로 남겼다. 그게 비록 영이 꿈꾸는 영화 같은 장면이 아니라도 말이다. 그렇게 영의 감정들이 하나의 장면으로 카메라에 담겼다. 리제는 모에게서 카메라를 뺏어 들고 영과 모의 얼굴을 찍었다. 내가 영과 모를 바라보는 시선이 하나의 장면으로 남겨졌다.

이어지는 길을 따라 안쪽으로 들어가니 꽤 넓은 규모의 공간이 나타났다. 능선을 따라 나무가 줄지어 심긴 작은 동산이 있었고, 그 꼭대기로는 그네로 된 작은 벤치도 보였다. 그 주위로 갖가지 나무와 식물들이 자랐다. 조그마한 바위들로 둘러진 인공 호수도 보였다. 사방이 어두웠지만 아늑한 풍경이었다. 우리 저기 위에 올라가볼래? 리제가 높은 언덕을 가리키며 말했다. 그 위에 올라가면 수목원뿐만 아니라 시내의 경치가 한눈에 내려다보일 것 같았다. 리제는 이마에 난 땀을 식혀주는 여름밤의 서늘한 바람을 느꼈다. 이내 바람이 잦아들었다. 서서히 해가 짧아지고 있음을 리제는 느낄 수 있었다. 이렇게 그들만의 서머타임이 끝나가고 있었다. 리제는 아까 오전에 모가 들려준 이야기를 떠올렸다. 나는 이 장면을 어떻게 기억해야 할까. 나도 모처럼 누군가에게 이 순간을 이야기해줄 수 있을까. 기억해야 한다. 언제나. 우두커니 서 있는 리제에게로 앞서 가던 영과 모가 고개를 돌렸다. 영이 리제를 부르고 또다시 카메라 셔터를 눌렀다. 리제는 둘의 표정을, 그 뒤로 보이는 풍경을, 다시 불어오는 바람을 기억하며 앞으로 걸어갔다.

물고기 마을

1

무엇이든 상관없었다. 쉴 새 없이 쏟아지는 풍경들을 그녀는 멀거니 앉아 바라본다. 버스 창밖으로부터 비릿한 냄새가 나는 것만 같다. 곧 비가 올 것이다. 그곳에서도 비가 내렸다. 그곳은 비가 아주 많이 내리거나 혹은 내리지 않는다. 그곳의 사람들은 때가 되면 비를 기다렸다. 기다린다는 것은 반복되는 무언가를 반복하는 것이다. 그것을 알면서도? 그다음 말에 대해 생각한다. 교복을 입은 아이가 작은 배에 올라탄다. 배는 가벼이 요동

친다. 아이는 뱃머리에 앉아 자꾸만 뒤를 돌아본다. 아이의 가는 발목 사이로 물고기들이 유영한다. 그곳의 시간은 흐르지 않는 것처럼 느껴진다.

시간이 더 이상 흐르지 않기를 기다리는 사람들이 있다. 영원한 시간을 두려워하는 사람들. 뗏목 바닥의 좁은 틈새로 비명 같은 소리가 새어나온다. 그것은 마치 아무도 없는 빈 곳에서의 초침 소리 비슷하다. 하지만 버스의 창틈으로는 어느 소리도 새어나오지 않는다. 그녀는 가만히 밖을 응시한다. 무엇을 붙잡는다는 말인가. 그녀의 입언저리가 서서히 일그러진다.

2

날이 덥다. 여름이 오고 있다. 단출해지는 옷차림, 비가 온 후의 눅눅한 기운, 발기하는 사물들, 사람들로 들끓는 여름밤의 거리. 사람들은 다소 뜬금없이 계절을 맞이한다. 미용실에서 사람들은 머리를 자르고 감고 말린다. 젖은 머리칼은 흰 조명 아래에서 축축하게 감겨 있다. 머리칼은 비릿한 냄새를 풍기며 말라간다. 사람들은 말없이 앉아서 거울을 통해 그 광경을 지켜본다. 뒤엉킨 머리칼 사이로 보이는 자신이 얼굴이 잠시간 무섭다고 느낀다. 그리고 바닥에 쌓여 있는 머리카락을 밟으며 문을 나선다. 그렇게 사람들은 흘러가는 시간 안에 미끄러져 들어간다.

계절이 바뀌면 사람들이 마음은 쉽게 동요된다. 그녀에게 여름이라는 계절은 더욱이 그러했다. 언제가 그 여름에 당신은 머리를 잘랐고 그리고 시간이 흐르기를 기다렸다. 단지 그뿐이었다. 목덜미에 땀이 배어나기 시작하던 어느 날, 당신은 이른 아침부터 미용실에 다녀온다. 뭉툭해진 머리칼 사이로 머리 밑이 허옇게 드러났다. 어린 그녀는 둥글고 반듯한 두상이라고 생각한다. 당신은 눈을 비비고 서 있는 그녀에게 검은 봉지에 싸인 찹쌀떡을 건넨다. 당신은 아무 말을 하지 않는다. 그러고는 서 있던 자리에 웅그러지듯 앉아 신발을 벗는다. 그녀는 찹쌀떡 하나를 입에 물은 채 등을 진 당신의 모습을 내려다본다. 당신은 여전히 아무 말도 하지 않는다. 당신이 건넨 검은 봉지에 담배 냄새가 난다. 그녀는 당신의 옷에서 나는 냄새와 당신의 방에 스며든 그것을 맡을 때마다 당신이 담배를 피우는 모습을 상상했다. 괴괴한 정적이 감도는 방 안 당신은 침대에 다리를 꼬고 걸터앉아 있다. 당신은 담배에 불을 붙인 후 한 모금을 깊게 빨아들인다. 그리고 다시 숨을 내쉰다. 당신은 마지막 숨을 길게 놓아준 뒤 두 눈을 껌뻑인다. 당신의 주름진 손끝에서 담배가 타들어간다. 시간의 틈으로 연기가 번진다. 당신은 꿈길을 헤매는 듯, 고단함을 느낀다. 당신은 뭐라고 중얼거린다. 당신이 담배를 피울 때마다 그녀는 자꾸만 침을 삼켰다. 그리고 그날 밤 그녀는 당신이 벗어놓은 바지 주머니 속에서 담배 하나를 꺼내 물었다.

당신은 어느 날 갑자기 늙었다. 당신의 가족들은 늙어버린 당신의 몸을 보고 놀라움을 금치 못했다. 그들은 그것은 도리가 아니라고 생각했지만 얼굴에 드러나는 놀란 기색을 감추려 하지 않았다. 가족들은 자리에 모여 당신에 대해 이야기를 나누었다. 그녀는 잠에 든 척 눈을 감고 그들이 속삭이는 소리를 듣는다. 그리고 그다음 날, 당신은 거실 한가운데에 덩그러니 놓여졌다. 당신은 더 이상 산책을 나가지도, 담배를 피우지도 않는다. 찌는 더위에도 당신은 두툼한 솜이불을 끌어안고 누워 있었다. 그 모습이 똬리를 튼 거대한 물뱀 같다고 그녀는 생각한다. 당신은 이불을 머리끝까지 덮고 손바닥으로 두 귀를 막는다. 손가락 사이로 거실의 초침 소리가 비집고 들어온다. 당신은 영원히 깨어나지 않을 것처럼 잠을 잤다. 어린 그녀는 당신이 잠에서 깨기만을 기다렸다. 기다리는 동안에 그녀가 할 수 있는 일은 아무것도 없었다. 비가 내리기 시작했다. 그녀는 당신의 잠든 모습을 빤히 바라보았다. 그 형상은 시간이 지나도 변하지 않았다. 이불 안에서 당신의 근육과 뼈마디는 뻣뻣하게 굳어져간다. 그녀는 미동도 없는 당신을 그냥 그대로 둔다. 당신은 그렇게 금방이라도 홀연히 사라져버릴 것만 같았다. 당신은 웅크린 몸을 더욱 깊숙이 만다. 당신은 입을 벌려 작게 말했다. 말이 모자라구나, 모자라.

당신은 그녀에게 많은 말을 하지 않았다. 그녀가 듣지 않은 것인지, 기억하지 못하는 것인지 그녀는 잘 알지 못한다. 비가 그치고 당신은 잠에서 깬다. 당신이 잠에서 깨어나고 가장 먼저 한 일은 목욕이었다. 당신의 아들은 당신을 업고 욕실로 들어간다. 아들은 당신을 변기 위에 앉히고, 당신의 옷을 한 꺼풀 한 꺼풀 벗겨낸다. 차가운 손길에 당신은 작게 몸을 떤다. 거죽만 남은 당신의 나체는 욕조에 담긴다. 미적지근한 물의 온도에 당신의 몸은 다시 한 번 가늘게 떨린다. 큰아들은 당신의 몸 구석구석 서툴게 비누칠을 한다. 욕조의 물이 조금 일렁인다. 당신은 팔을 들어 벽을 부여잡는다. 언젠가, 당신이 어린 그녀를 부르는 손짓을 한다. 집에는 그녀와 당신뿐이었다. 당신은 그녀를 향해 당신의 옆자리를 두어 번 툭툭 친다. 그녀는 당신의 옆에 앉는다. 그녀의 코가 움찔거린다. 당신은 녹이 슬어 시꺼메진 서랍 문고리를 잡는다. 당신의 자취가 묻어난 문고리에서 쇠 냄새가 풍긴다. 그녀는 간질거리는 코를 참지 못하고 그것을 비벼댄다. 당신의 서랍 속에는 물건들이 많았다. 담배는 거기에 없었다. 그녀는 그것이 궁금했지만 당신에게 묻지 않는다. 서랍 속의 물건들은 어느 순간부터 그곳에 있었다. 당신은 그곳에서 불투명한 유리통 하나를 꺼내 그녀에게 준다. 당신은 그녀에게 뭐라고 중얼거렸다. 여기에 말을 담아라.

3

버스는 아직 도착하지 않았다. 차창 밖은 단조로운 풍경만을 늘어놓고 있었다. 영현아. 사람들은 그녀를 그렇게 불렀다. 그녀는 자신의 이름을 소리 내어 곱씹어본다. 영현. 영현. 영현……. 한 글자 한 글자 꾸역꾸역 삼킨다. 당신이 그녀에게 지어준 이름이 아니다. 그녀는 노트 하나를 꺼내든다. 그리고 그녀의 이름을 쓰기 시작한다. 글자를 적는다. 그녀는 그녀의 이름과 어울리는 글씨를 쓰고 싶었다. 그녀는 계속해서 글자를 적어냈지만 마음에 드는 것은 없었다. 그녀는 어느 젊은 소설가의 말을 떠올린다. 나를 쫓는 나. 그리고 그것에 따라서 시작되는 시간의 역행. 시간은 계속해서 뒷걸음질 친다. 어리석은 말이다, 그녀는 생각한다. 소설은 누군가의 죽음에 대해 이야기하고 있었다. 당신은 죽었다. 그녀는 죽음 뒤에 남겨진 것들에 대해 생각한다. 담배, 낡은 장롱, 얼룩진 벽걸이 거울, 서랍 속 망치와 송곳, 뚜껑이 있는 유리통, 그리고 그 안에 담긴 물. 책에 담긴 죽음에 관한 근사한 수사들이 그녀를 주눅 들게 만들었다. 그녀는 노트에 빼곡하게 적힌 글자들을 감상하듯 바라본다. 수많은 형태의 이름들이 문자 그대로 그녀의 눈앞에 다가왔다.

그녀는 죽음의 그림자를 마주한 적이 있었다. 장마는 지독스럽게 이어졌다. 비는 요란한 소리를 내며 떨어졌다. 풀벌레 울음소리 같다. 젖은 발을 질질 끌며 그녀는 귀가한다. 그녀는 거실의 한 귀퉁이에 비스듬히 우산을 세워둔다. 그녀는 이불 밑으로 삐져나온 당신의 발을 발견한다. 당신의 발은 유난히 건조했다. 당신은 자면서도 팔뚝을 벅벅 긁어댔다. 당신은 허벅지를 문지르며 혼잣말한다. 가려워서 못 살겠다, 못 살겠어. 그녀는 그녀의 젖은 발을 말린다. 그녀는 비가 그치기를 소망한다. 당신이 잠에 든 시간 동안, 그녀는 담배를 피운다. 연기는 누워 있는 당신 위로, 당신의 커다란 몸집만큼 부풀다 이내 흩어진다. 그녀는 삼킬 수 없는 연기를 삼키려다 사레가 들린다. 목이 따갑다. 그녀는 자꾸만 마른기침을 뱉어낸다. 그녀는 손가락으로 담배를 비벼 끄고 싶은 충동이 인다. 당신은 잠에서 깨어나지 않는다. 어린 그녀는 미련하게 굽어진 이불의 능선을 따라 시간이 흐르는 모양을 지켜본다. 그것은 끝도 없이 이어져 당신의 발목까지 내려온다. 그녀는 적신 수건으로 당신의 발을 덮는다.

계절이 지나고 당신은 옷을 갈아입었다. 당신의 아들은 더 이상 자라지 않고 늙는다. 당신의 아들은 당신을 많이 닮았다. 당신에게는 여러 명의 딸이 있지만, 아들은 하나뿐이었다. 당신의 아내는 아들을 많이 아꼈다. 당신의 아들은 노래 부르기를 좋아했다. 당신의 아내는 아들의 노랫소리를 몰래 잠청한다. 당신의 아들은 언젠가부터 노래를 하지 않는다. 아들은 노래를 부르는 대신, 양손에 글러브를 낀다. 아들은 흔들리는 두발에 맞춰 입속으로 노래를 불렀다. 당신의 아내는 당신보다 일찍 죽었다. 아내는 죽기 전날 밤, 당신의 아들에게 말한다. 노래를 불러라. 아들은 아무 대답도 하지 않는다. 아들 옆에 서 있던 당신은 그 말을 훔친다. 아들은 더 이상 노래를 부르지 않았다. 당신은 카세트를 틀고 익숙지 않게 노래를 흥얼거렸다. 그녀는 당신의 방에서 새어나오는 노랫소리를 듣는다. 그녀는 당신이 부른 노랫말을 기억해내지 못했다.

4

그녀는 당신에게 그곳에 대해 이야기하지 못한 것을 후회한다. 그곳에 갔을 때, 그녀는 매일 아침 달걀 한 개와 여러 조각의 빵을 먹었다. 그녀는 달걀 프라이를 포크로 찍으며 오늘 아침에 알을 낳은 닭에 대해 생각한다. 마지막 빵 조각을 입에 밀어넣은 뒤 그녀는 물을 마시지 않는다. 그곳은 습했고 어디서나 비릿한 냄새가 났다. 그녀는 더부룩해진 속을 참아낸다. 그곳에서 그녀는 배를 탔다. 그녀는 습기가 찬 나무 의자에 딱딱하게 앉는다. 배는 물살을 가르며 느리게 나아간다. 그곳의 나무는 물속에서 뿌리를 내린다. 나무와 나무 사이로 배가 지나갔다. 그녀는 가맣게 젖은 기둥을 이마 앞에서 마주한다. 그녀는 당신이 멀리 떠났던 날을 기억한다. 당신의 큰딸은 남편을 잃고 아버지를 찾는다. 큰딸은 으슥한 산골에 집을 짓고 자신의 아들과 당신을 데리고 그곳으로 들어갔다. 딸의 집에서 당신은 밤새 몸을 뒤척이다 일어나 마루를 서성인다. 개 짖는 소리도 들리지 않는 밤이다. 어둠이 사방으로 깔린 가운데 어슴푸레한 달빛이 당신의 눈가를 비춘다. 당신의 말라버린 눈동자는 초점을 잃은 채 방황한다. 당신은 죽어버린 당신의 아내를 떠올린다. 어디 갔는가. 어디로…….

어린 그녀는 당신이 없는 당신의 방문을 연다. 방의 정경이 그녀에게 어떤 낯선 두려움을 불러일으켰다. 방의 모든 물건은 예전과 마찬가지로 제자리에 놓여 있었다. 장롱 위에 올려져 있던 당신의 짐 가방을 제외하고는. 그녀는 당신의 바지를 뒤져 담배를 찾는다. 그녀는 담배 하나를 손에 쥐고 침대에 모로 눕는다. 벽에 걸려 있는 당신의 아내의 사진을 올려다본다. 경비행기를 뒤로하고 당신의 아내는 표정 없이 서서 카메라를 응시한다. 그녀는 당신의 아내, 그러니까 그녀의 할머니를 실제로 본 적이 없다. 가족들은 당신의 아내와 그녀가 닮았다고 말했다. 그녀는 조금 더 가까이 사진을 들여다본다. 당신의 아내는 당신보다 훨씬 오래전에 죽었다. 당신의 아내는 원래부터 몸이 좋지 않았다고 했다. 당신의 아들 내외가 아이를 가졌다는 소리를 들었을 때, 당신의 아내는 유약한 아이처럼 울음을 터뜨렸다. 당신은 산골 큰딸의 집에서 도망치듯 뛰쳐나왔다. 당신은 죽음의 그림자가 지는 새벽의 시간을 더 이상 견뎌낼 자신이 없었다. 날이 밝자 당신은 양쪽 주머니에 감자 여섯 알을 쑤셔넣고 양말도 신지 않은 채 집을 나선다. 기차에 오른 당신은 주머니에서 감자 두 알을 꺼내 소매로

흙을 쓱 닦아낸 뒤 몇 개 남지 않은 이로 껍질을 갉아 먹기 시작한다. 그녀는 견딜 수 없는 것, 볼 수 없는 것에 대해 생각했다. 혹은 말해주지 않으면 모르는 것들에 대해서도.

5

그녀는 그곳에 지어진 집들을 바라보고 아무 소리도 낼 수 없었다. 아아. 우진은 그녀에게 무슨 말이라도 해보라고 입을 뻥긋거렸다. 그녀는 나무로 지어진 집에 대해 생각했다. 그리고 나무로 지어지지 않은 견고한 집에 대해서도. 그곳의 집들은 물속에 뿌리를 박은 나무로 지어졌다. 그곳의 사람들은 물 위에 지어진 집에서 평생의 계절을 산다고 했다. 이곳은 계절이 존재하지 않는 것만 같다. 우진은 지금이 이곳에서는 겨울이라고 했다. 아니다, 이곳의 시간은 흐르지 않는 것이 분명하다. 그녀는 고개를 돌려 담배를 꺼내 무는 우진을 쳐다본다. 여기서는 담배를 피우지 않기로 해. 그녀는 그를 기다리지 않고 배에서 내린다. 배가 요동친다. 나무로 된 집은 삐걱거리는 소리를 내며 휘청거렸다.

당신은 더러워진 발을 씻으며 시간은 너무도 더디게 간다고 말했다. 어린 그녀는 그 말에 대해 생각한다. 당신은 물이 뚝뚝 흐르는 손으로 불룩하게 튀어나온 주머니를 더듬거린다. 당신은 주머니에서 꺼낸 감자 네 알을 그녀에게 건넨다. 그녀는 두 손으로 그것을 힘겹게 받아낸다. 당신은 칼을 쥐고 그것을 손가락 모양으로 큼지막하게 썬다. 당신의 아내가 쓰러진 이후부터 당신은 줄곧 밥상을 차려왔다. 당신은 밥 대신, 튀긴 감자를 넓은 접시에 수북이 담아낸다. 그녀는 기름이 묻은 손으로 감자를 집어 먹는다. 당신은 왜 돌아왔느냐고, 그녀는 묻지 않는다. 그날 당신은 늦은 오후까지 낮잠을 청한다. 나무는 말이 없다. 어린 그녀에게 당신은 나무와 같은 존재였다. 그녀는 당신과 산책을 자주 나갔다. 그것은 당신이 원했던 것도, 그녀가 원하는 것도 아니었지만 어쨌거나 그랬다. 그녀와 당신은 나무 아래에서 쉬다가 집으로 돌아오곤 했다. 그녀는 당신에게 무언가를 키우고 싶다고 말했다. 그녀는 고개를 돌려 당신을 바라보았다. 그러자 당신은 이 세상에 사람이 키울 수 있는 것은 없다고 대답했다. 당신은 그녀를 바라보지 않는다. 그녀는 아무것도 키우지 않기로 한다.

우진은 바닥에 붉은 융단이 깔려 있는 집 앞에서 배를 멈추게 했다. 그녀는 배가 고프지 않았지만 그의 뒤를 따라 가게로 들어갔다. 그녀가 커다란 원탁 앞에 앉았을 때, 우진은 이미 부엌으로 가 주문을 하고 있었다. 우진은 삶아진 민물 새우를 수염도 떼지 않고 통째로 집어 삼킨다. 그녀는 아무것도 먹지 않는다. 그녀는 알 수 없는 거북함을 느낀다. 그녀는 그의 캔 맥주를 들이켠다. 바다보다 큰 강이 존재할까. 당신은 바다보다 강을 더 좋아했다. 사실 당신은 바람이 많이 부는 바다를 싫어했다. 우진은 무언가를 말하려다 그만둔다. 그럴 때마다 짓는 그의 표정이 그녀는 가식적이라고 생각한다. 그녀는 당신과 바다에도, 강에도 함께 간 일이 없다. 하지만 그녀는 강가에 앉아 있는 당신의 모습을 상상할 수 있다. 과거 당신이 살았던 집 앞에는 강이 있었으리라. 그 옆으로는 커다란 버드나무도, 꽃이 만개한 감자밭도. 바다에 밀물과 썰물이 있는 것은 달의 중력 때문이다. 강에는 밀물과 썰물이 없는가. 그녀는 우진에게 묻는다. 강물은 한곳으로만 흐른다. 우진은 거짓말을 한다. 그녀는 그 말을 무시한다. 당신은 한여름 밤 신을 벗고 두 발목을 강물에 담근다. 잔잔한 수면 위로 당신의 과거가 부서진다. 당신의 과거는 평화로웠는가? 그녀는 당신에게 묻지 못했다. 당신에게는 몇 명의 형제가 있었다. 그녀는 당신의 장례식장에서 그들을 처음 봤다. 그들은 모두 똑같이 늙었고, 따로 떨어져 산 지 너무도 오래되었으며, 아무도 울지 않았고, 그렇게 한동안 서로에게 말이 없었다.

6

그의 말대로 당신은 살면서 그 흔한 화분 하나도 키우

지 않았다. 당신의 큰딸은 큰 개를 두 마리나 키웠고 아들은 집 안 가득 식물을 길렀다. 그녀는 나무를 키우고 싶다고 생각했지만 그렇게 하지 못했다. 그녀는 그늘 아래에 앉아, 혀를 쭉 내밀고 신음하는 개를 바라본다. 햇빛이 들지 않는 곳은 오로지 나무 아래뿐이다. 당신은 땀을 흘리지 않는다. 비릿한 냄새를 풍기며 바람이 분다. 당신의 지팡이가 당신의 손목을 지탱하고 서 있다. 당신은 언젠가부터 지팡이를 짚지 않으면 걸을 수 없게 되었고, 당신과 그녀는 언젠가부터 나란히 걸을 수 없었다. 그녀는 자신보다 키가 큰 나무를 기르고 싶다고 생각한다. 그것이 다 자라면, 마디가 굵은 가지 하나를 꺾어 당신의 지팡이를 만들 것이다. 그리고 그 아래 나무로 된 집을 짓고 영영 밖으로 나오지 않을 것이다. 그러려면 마당을 가진 집이 필요하다고, 그녀는 먼저 나무를 키워야 하는지, 마당을 가져야 하는지에 대해 골몰한다. 당신의 어렸을 적에 살던 집은 마당이 있었을 것이다. 마당에는 나무도 있었을 것이다. 당신의 마당에는 무슨 나무가 있었는지 그녀는 묻지 못했다.

그녀와 우진은 서로 너무도 달라서 헤어졌다. 우진이 그녀를 떠난 것인지, 그녀가 우진을 떠난 것인지는 확실하지 않다. 당신은 어린 그녀에게 말했다. 시간의 그물에 얽매이지 마라. 그녀는 당신의 말을 처음으로 의심한다. 모자란 말들과 너무도 더딘 시간에 대해 의심한다. 우진은 그녀에게 너를 사랑했다고 말한다. 그녀는 그의 입술과 혀를 보며 거짓말이라고 생각한다. 그녀는 우진과 함께한 시간을 기억한다. 그녀는 우진에게 모르는 식물이 있으면 물었고, 그는 아는 대로 그것에 대답했고 언제나 그 말에 대해 의심했다. 사람들은 저마다의 시간과 말과 연인을 갖는다. 그들은 무엇이라 말하고 무엇이라 끄덕인다. 그녀는 차가운 풍경에 대해 생각했다. 언젠가 그녀는 머리 위가 차가워지는 것을 느낀다. 온몸은 뜨겁고 들떠 있었다. 그녀는 행복하다고 느낀다. 그녀는 안정 또는 안녕이라는 단어를 떠올린다. 그녀가 차가운 풍경에 대해, 자신의 이름에 대해, 안녕이라는 단어에 대해 물었을 때, 우진은 아무것도 모르겠다고 대답했다. 머리 위가 차가워지는 것을 느낀다. 우진은 그녀의 말없는 눈초리가 싫다고 했다. 그는 그녀가 먹지 않는 음식을 먹지 않는 것을 이해할 수 없다고 했다. 그는 아직도 너를 모르겠다고 했다. 그녀는 담배를 물지 않은 우진의 입술을 바라본다. 그녀는 아직도 모르는 식물이 너무나 많았다.

죽은 당신은 지금 그녀를 보고 있는가. 한때 그녀의 애인이었던 우진을 보고 있는가. 당신은 어디로 갔는가. 그녀는 의심한다. 그녀는 당신의 팔을 붙들고 바다로, 강으로, 마당이 있는 당신의 옛집으로 간다. 그녀는 그녀의 잘려나간 머리칼들과 미용실의 풍경에 대해 생각할 때마다 나이를 먹었고, 나이를 먹을수록 그녀는 모르는 것들이 점점 늘어났다. 사람들은 그녀가 지나치게 말이 없다고 싫어했지만 담배를 피우는 것은 좋아했다.

7

당신은 죽었다. 당신의 육신은 화장되었으며, 당신은

당신의 시간들과 함께 강물에 뿌려졌다. 강에는 밀물과 썰물이 없다. 우진이 했던 거짓말에 대해 생각한다. 강물은 어느 곳이든 어느 방향으로든 흐를 수 있지만, 바다만큼 많은 바람을 가지지 않는다. 당신은 한여름 날, 아주 조용히 어떠한 유언도 남기지 않고 죽었다. 그녀는 그 이후로 물고기가 되는 꿈을 자주 꾸었다. 당신이 죽은 이후로 그녀는 당신의 방에 들어가지 않았다. 당신의 방 한쪽 벽에는, 죽은 당신의 아내의 사진 옆에 나란히 당신의 사진이 걸려 있을지도 몰랐다. 그녀는 이제 우진을 사랑하기로 한다. 그녀가 그곳에 대해 이야기했을 때, 우진은 그녀에게 배를 타고 그곳에 가자고 했다. 그녀는 배를 타지 않으면 그곳에 갈 수 없다는 것을 알고 있었다. 그녀는 언젠가 우진에게 개든, 나무든, 병아리든, 식물이든 무엇이라도 키워본 적이 있느냐고 물었다. 그는 어렸을 때 길가다 주운 달팽이를 필통에 넣어 반나절을 키워본 일이 있다고 했다. 달팽이에게 무엇을 먹여야 하는지 고민하는 사이 달팽이는 필통 안에서 말라 죽어 있었고, 그는 죽은 달팽이를 비에 젖은 나뭇가지 위에 올려놓았다고 했다. 거짓말이었다. 어린 그녀는 여름이 되면 밤늦게까지 거리를 서성였다. 그녀는 구석에 앉아 담배를 태우는 사람들의 발목을 구경했다. 나무에게도 발목이 있을까. 아니, 나무에게도 발이 있을까. 당신은 발목을 드러내며 그녀를 데리러 온다. 그녀는 당신의 팔을 잡는다. 당신은 그녀의 소맷자락을 놓치지 않도록 단단히 쥔다. 그녀는 당신의 비릿한 냄새를 맡는다. 그녀는 집으로 돌아가 백과사전을 펼친다. 나무의 발…… 나무의 발……. 사전에는 그런 말이 없었다. 그녀는 책을 덮고 나무의 수명에 대해 생각했다. 당신이 서랍 속에 물병을 숨겨두었다는 것을 아는 사람은 그녀뿐이었다.

8

차체가 무리하게 움직이자 사람들은 몸을 움찔거렸다. 차내의 등은 아직 켜지지 않았고, 그녀는 버스가 출

발할 때의 모습 그대로 앉아 있었다. 그녀는 지금 어디로 가는가. 그녀는 나무로 만든 배를 타고 당신의 옛집으로 갈 것이다. 그녀는 당신의 과거에 대해 아는 바가 없었다. 그녀는 당신에게 혹은 우진에게 묻지 못한 것들을 후회했다. 그녀는 가방에서 손거울을 꺼내 자신의 얼굴을 비추어보았다. 어두운 차내 때문에 모습이 잘 보이지 않았다. 그녀는 가끔씩 차창 밖으로 들어오는 불빛에 의지해 거울을 들여다보았다. 군데군데 얼룩진 모습이 괴상하게 느껴졌다. 그녀는 거울을 조금 떨어뜨리고 손을 올려 자신의 푸석푸석한 뺨을 만져보았다. 그녀는 거울을 가방에 도로 집어넣었다.

버스의 문이 열리고 사람들은 하나둘씩 자리에서 일어났다. 그녀는 자리에서 일어나지 않고 그 광경을 지켜본다. 어딘가에서 비릿한 냄새가 났다. 그녀가 버스에서 마지막으로 내리자 버스는 기다렸다는 듯이 그 자리를 떠났다. 그녀는 어느 곳에도 앉지 않고, 걷기 시작한다. 이내 숨이 차올랐다. 여름이 오고 있다. 비가 내릴 것이다. 그녀는 허기를 느끼고 식당을 찾아 들어갔다.

9

그녀가 식사를 끝냈을 때, 한 노인이 문을 열고 들어섰다. 단정하게 빗어낸 머리칼과 조금은 더워 보이는 자켓이 그녀의 눈에 들어왔다. 노인은 그녀와 조금 떨어진 곳에 자리를 잡고 앉았다. 노인에게 국밥 하나가 주어진다. 노인은 국을 한 수저 떠 천천히 입에 가져간다. 힘겹게 벌어진 입속으로 밥알이 쓸려 들어간다. 노인은 소주 한 병을 시킨다. 무슨 소주를 드릴까 물어보는 종업원의 물음에 노인은 대화가 익숙하지 않다는 듯이 머뭇거린다.

이거 드릴까요?

어……?

아니면 이거?

어어…….

노인은 결국 말을 하기를 포기하고 아무렇게나 고개를 끄덕인다. 그녀는 노인의 모습을 가만히 지켜본다.

노인은 너무도 오랫동안 식사를 한다. 그녀는 노인이 식사를 다 마칠 때까지 기다리기로 한다. 노인은 느릿하게 자리에서 몸을 일으켰다. 소주의 절반이 남겨졌다. 노인의 자리는 어떠한 흔적도 없이 깔끔했다. 그녀는 창가를 통해 멀어지는 노인의 뒷모습을 바라보았다. 그녀는 노인의 뒤를 따라 자리에서 일어났다.

| 작가의 말 |

언젠가 「Every drop of rain」이라는 노래를 우연찮게 들었던 기억이 있다. 어느 부잣집 차고에 살았던 가난한 여자의 이야기를 담고 있는 노래였는데, 한참이 흘러서도 노래의 구절들이 잊히지 않았다. 그 노래의 가사는 이러했다.

“사람들은 그들을 차고의 사람들이라고 불렀다. 어느 날 밤 많은 비가 내렸고 물이 사방에서 범람했지만 사람들은 커다란 집 안에 있을 뿐이었다. 우리는 옷도 침대도 보석도 없었다. 가끔은 신발이 없을 때도 있었다. 그리고 네가 느끼는 모든 물방울들. 모든 작은 빗방울. 모든 빗방울들.”

노래에 담겨 있는 이야기와 비가 내리는 차고의 이미지에 이끌렸다. 그리고 여자가 느꼈던 작은 빗방울들은 과연 어떤 것들이었을까 궁금했다. 그러면서 막연하게 「모든 물방울들」이라는 제목의 소설을 써야겠다고 생각했다. 무영과 무영의 할아버지 그리고 '나'는 비슷하지만 또 너무 다른 상처와 상실감을 간직한 인물들이다. 그들의 삶은 권태로움 그 자체이다. 그것들을 공유하는 과정에서 그들은 서로에게 이해받을 수 있을 거라 기대하지만 결국은 실망한 채 아무런 위안도 얻지 못하고 이별한다. '나'가 바라보는 무영과 무영의 할아버지 그리고 그들을 둘러싼 세계는 너무나 위태롭기만 하다. 나는 이처럼 금방이라도 무너져 내릴 듯 위태로운 인물들과 관계에 대해 쓰고 싶었다.

반면 「서머타임」은 어렸을 적부터 긴밀한 관계를 맺으며 기억을 공유한 세 인물이 등장한다. 그리고 한여름의 '서머타임'과 같이 주어진 여행을 통해서 마침내 서로를 이해하게 되며 그 기억을 소중히 여긴다. 「물고기 마을」은 소녀와 할아버지에 대한 이야기이며, 자전적 이야기를 담은 소설이다. 작품집에 이 소설을 함께 실을 수 있어 기쁘다.

언제나 나에게 소설적 영감을 주는 당신께 감사드린다.

2015년 겨울

이하얀

미래의 작가들 05

모든 물방울들

2015년 12월 5일 제1판 제1쇄 펴냄

지은이 이하얀
기획 크리에이티브 라이팅 그룹(Creative Writing Group)
편집 모영철
펴낸이 박문수
펴낸곳 도서출판 박문수책
등록 2009년 2월 6일 제13-2009-24호
주소 03964 서울특별시 마포구 망원로7길 3-6(망원동)
전화 02-322-5675
전자우편 mspark60@dreamwiz.com

ISBN 978-89-969754-6-5 03810